Lucas Gonçalves

Galla

Lucas Gonçalves

Jimmy Galla

PandorgA
NACIONAL
2019

Direção Editorial
Silvia Vasconcelos
Produção Editorial
Equipe Editoral Pandorga
Preparação
Larissa Franco
Revisão
Larissa Franco
Projeto Gráfico e Diagramação
Cristiane Saavedra (CS EDIÇÕES)
Capa
Gisely Fernandes (CS EDIÇÕES)

Texto de acordo com as normas do Novo Acordo Ortográfico da Língua Portuguesa (Decreto Legislativo nº 54, de 1995)

Dados Internacionais de Catalogação na Publicação (CIP)
Ficha elaborada por: Aline Graziele Benitez CRB-1/3129

G627J Gonçalves, Lucas
1.ed. Jimmy Galla / Lucas Gonçalves. – 1.ed.
São Paulo: Pandorga, 2019.

240 p.; 14 x 21 cm.

ISBN: 978-85-8442-381-1

1. Literatura brasileira. 2. Ficção. I. Título

CDD 869.9

Índice para catálogo sistemático:
1. Literatura brasileira: ficção

2019
IMPRESSO NO BRASIL
PRINTED IN BRAZIL
DIREITOS CEDIDOS PARA ESTA EDIÇÃO À
EDITORA PANDORGA
RODOVIA RAPOSO TAVARES, KM 22
GRANJA VIANA – COTIA – SP
Tel. (11) 4612-6404

WWW.EDITORAPANDORGA.COM.BR

Sumário

PARTE 1

Do primeiro dia de Jimmy Galla

Capítulo 1

Da condição e exercício de Jimmy Galla.

— Ora, não restam dúvidas de que certamente vivia, nos tempos de hoje em dia, um bom moço, sobre cujo nome não há que se fazer mistério, porque era mesmo aquele o qual se contará. O rapaz era muito querido por quantos o cercavam, cultivava os mais sadios hábitos e tinha tantos amigos, que eram oitenta e seis. É justo que se conte que todos eles muito o amaram, até a época dos dias de hoje. Sua família também o amava e, pelo que se sabe, jamais deixou de fazê-lo, tanto mais porque não haveria mesmo motivo para se deixar de amar o rapaz, cuja condição e exercício são tais quais se conta. Tão bom e querido ele era, que pensava até em fazer uma faculdade e ter um bom emprego, algum dia.

E é claro que, ainda muito pequeno, habituou-se a passar as tardes em frente à televisão, assistindo às reprises dos ótimos filmes dos anos oitenta, os quais tratava de gravar na cabeça e em fitas de videocassete, o que era tudo a mesma coisa, exceto que uma fita ou outra, é verdade, foi se extraviando com o tempo, enquanto que os filmes os quais registrara no intelecto passou todos para o coração, onde ninguém jamais teve coragem de fazer uma faxina. Mil novecentas e oitenta e seis vezes foi ele assistir ao mesmo filme, e essas tantas vezes ele riu com um terrível alarde ao ouvir o garoto do segundo ano chamar o professor de filho da mãe. E toda vez que o narrador apresentava o colégio, ele repetia em voz alta:

— Escola secundária de Beverly Hills!

Fosse apenas isso e o modo com que ele se apaixonava perdidamente pela líder de torcida toda vez que a via, nada haveria que causasse espanto. Contudo, quando um garoto, numa noite de sábado, ia furtivamente até a garagem e, sem que ninguém soubesse, saia de lá com o carro do pai, o ótimo rapaz, de que trata essa condição e exercício, logo gargalhava e dizia, em tom de admoestação:

— Isso não vai dar certo!

Não bastassem, além disso, os filmes dos anos oitenta já serem filmes dos anos oitenta, estão todos eles carregados, ainda, de infinitas músicas da mesma década, todas feitas com sintetizadores. Por isso, era tão desmedidamente apaixonado por elas quanto pelos filmes em que as encontrava, de modo que levava consigo todas, entre as quais, mesmo que ninguém acredite, tinha o engenho de promover campeonatos, cujas regras e procedimentos não se podia garantir que fizessem qualquer sentido, se bem que fossem muito honestos. De tal modo executava esses regulamentos, que, ao largar duas músicas competindo entre si, inventava oitenta e seis ótimos critérios para apontar qual era superior à qual, e, após demorar-se dias fazendo julgamentos, dava sempre por vencedora a música que pertencia ao Ítalo Disco, o qual conhecera em um filme de animais ninjas.

Aliás, para aquelas mais dramáticas ocasiões, em que dois adolescentes, em tempos de descobrir as sensações da paixão, acabam por se meter dentro do bolso de um criançāo*, não há música tão apropriada quanto o Ítalo Disco.

Mas, tal como se contava, quando acontecia de ambas as músicas pertencerem ao Ítalo Disco ou ambas a qualquer coisa que não isso, aquele bom moço demorava-se muito mais em julgamentos e, ao final, acabava decidido a apontar todas como vencedoras, ou sequer chegava à conclusão alguma.

— A batida dessa aproxima-se muito mais do som de um tapão — dizia consigo —, mas o sintetizador da outra tem muito mais laser.

Assim ia, divertindo-se muito com tudo isso. Outras mil novecentas e oitenta e seis coisas ele fazia, em que ninguém acreditaria. Nem é preciso lembrar-se de todos os brinquedos, jogos e artefatos que, vendo nos filmes e ouvindo nas músicas dos anos oitenta, ele dava um jeito de arranjar para si ou mesmo manufaturar.

* Honey, I blew up the kid, 1992.

Capítulo 2

Que explica como o bom rapaz tomou a si mesmo por quem de fato ele era.

Realmente aconteceu que, em um dia desses tempos de agora, o rapaz que se contará quem é acordou bem cedinho, tal como não era seu costume, e, muito agitado, falando sozinho oitenta e seis tipos de bobagem, foi tomar um banho. Debaixo do chuveiro, cantarolou exaltadamente e, de modo horroroso, imitou efeitos de sintetizador. Mesmo assim, não permaneceu no banho tempo suficiente para cantar todas as músicas da década de oitenta. Ao invés disso, enrolou-se na toalha e tornou ao quarto. Lá, enquanto dançava com uma invulgar falta de estilo, falou deste modo à sua imagem no espelho:

— É como eu sempre digo.

Em seguida, disse tais coisas que ninguém compreendeu, tanto mais porque não havia ninguém ali para ouvir o que ele dizia. Pode ser que ele estivesse discursando sobre a importância de viver a vida descontrolado, ao mesmo tempo, obviamente, em que desprezava famosas ideias da história da humanidade, que Féron Bilets, o qual todos lembram, ridicularizava*.

De qualquer modo, resmungando e dançando, foi procurar nas gavetas roupas com que se vestir. Na gaveta das camisetas, foi tirando as peças e as jogando ao chão, muito insatisfeito com todas elas. Permaneceu muito tempo nessa atividade, até encontrar ao fundo, toda amassada, uma camiseta branca de manga curta, sem estampas. Ao vê-la, seus olhos brilharam. Devia tê-la usado pela última vez

* Ferris Bueller's Day Off, 1986.

uma década atrás, mas, durante esse tempo em que não a vestiu, sua mãe, ao mexer com produtos de limpeza, possivelmente o tivesse feito. De um modo misterioso, porém, não conseguiu enxergar as horrendas manchas de água sanitária que cobriam todo o tecido.

Também revirou todo o armário à procura de uma calça que lhe satisfizesse. Lá no fundo, achou uma calça social, de estilo clássico, que lhe chamou a atenção. Era uma que seu pai havia usado ao fazer a pintura da casa. Os detalhes de grafiato sobre o pano eram tão maravilhosos que parou para admirá-los e, enquanto o fazia, deu por encerradas as suas buscas. Vestiu a calça e a camiseta branca, tomou ainda muitos cuidados, a fim de sentir-se devidamente aprumado.

Com respeito ao estilo do penteado, muito pensou consigo, enquanto emaranhava o cabelo de umas oitenta diversas formas. E cada vez que o fazia, lançava sobre a cabeça um tanto de gel fixador, de tal modo que grande parte escorria pelo rosto e ia até o pescoço. Como, no entanto, ao se esgotar o gel, ainda não estivesse contente com o penteado, foi procurar mais produtos com que se embelezar. Obviamente, não se poderia contar quais foram os que ele encontrou, porque, ao encontrá-los, tratou logo de jogá-los ao couro cabeludo. Seria uma temeridade contar, tão de início, que o jovem de que trata este livro inventou de colocar no cabelo detergente, creme de leite, maionese e espuma de barbear. Para não causar escândalo, não se conte que isso aconteceu.

Conte-se, ao invés disso, que o rapaz logrou embelezar-se completamente e que, quando terminou de alinhar o último fio de cabelo conforme a moda dos anos oitenta, puxou do guarda-roupa uma jaqueta e, segurando-a sobre o ombro, em uma postura galante, piscou para sua própria imagem no espelho e disse a ela, com muita dignidade:

— Certamente que eu sou Jimmy Galla, o garoto mais popular do colégio!

Capítulo 3

Que explica como os pais de Jimmy Galla se orgulharam do filho, que era o próprio Jimmy.

Ao se ouvir que alguém subiu em uma goiabeira, não se espera saber de qual modo a pessoa desceu de lá. É uma regra de gentileza e respeito, por parte de quem discorre sobre goiabeiras, encerrar a relato na parte em que se está no topo do pé, ou então quando se está subindo, porque a própria goiabeira não abre mão de contar o restante da história. Quem não compreende isso, tampouco compreenderá o que se contará a respeito de Jimmy Galla, o qual, é justo que se diga, tinha esse nome. Aliás, quem quer que tenha escrito este livro, cometeu uma desmedida bobagem ao tentar fazer mistério sobre o nome de Jimmy Galla. Tão óbvio ele é, que as goiabeiras já o haviam espalhado por aí, por todo lugar.

Ora, e de tal maneira os filmes e as outras coisas dos anos oitenta coloriram a imaginação de Jimmy Galla, que se encorajou a chamar-se desse modo. Uma vez com esse nome, viu-se, obviamente, muito inclinado a julgar ter acordado em 1986, no primeiro dia do seu último ano letivo na escola secundária e, é claro, não fez nada senão isso.

Tanto isso é verdade que, havendo acontecido tudo o que foi até então relatado, apressou-se Jimmy Galla, imaginando, em suas fantasias, que já se atrasava para o primeiro dia de aulas. Foi até a cozinha, onde encontrou seus pais que saiam para trabalhar e se espantaram ao vê-lo acordado tão cedo. Jimmy Galla lhes disse, em tom de mofa:

— Eu não me esqueço das minhas responsabilidades. Não estão lembrados que as aulas voltam hoje?

— Você está estudando? — o pai perguntou-lhe, surpreso.

Jimmy sorriu e continuou:

— Eu tenho outra escolha?

— Você sabe que pode fazer o que quiser da sua vida.

Jimmy Galla imaginou que o pai estivesse gracejando e, rindo-se, fez um cafuné no velho.

— Está bem — respondeu-lhe em seguida, estufando o peito. — Eu escolho estudar por minha própria vontade!

— Ótimo — disse a mãe, compreendendo os modos amaneirados de Jimmy. — E o que você vai estudar? Pelas roupas, me parece que está no caminho da construção civil, mas bem longe da engenharia.

Jimmy Galla pôs-se a gargalhar descomedidamente oitenta risadas, ao final das quais tratou de dizer:

— Vocês não sabem o que é estilo. E é claro que estou estudando para me tornar pedreiro. Há até quem me diga: "vai lá, pedreirozinho!". Vamos embora, engenheiros! Vocês dois estão divertidos demais hoje e vão nos fazer perder a hora.

Seguiram os três, então, para o carro. Os pais de Jimmy, embora estivessem confusos com o humor do filho, saíram de casa um tanto alegres por vê-lo inventar de estudar que quer que fosse. *Se o faz acordar cedo*, pensaram, *não deve ser coisa má.*

Capítulo 4

O qual trata de um devaneio que Jimmy Galla sofreu.

Seria desnecessário dizer que, no lugar onde morava e ainda mora Jimmy Galla, era uma manhã cinzenta, já que todas as manhãs naquela cidade assim têm sido desde sempre. Parecendo anunciar um importantíssimo evento do qual não se haveria volta para a humanidade, passam por lá, ainda hoje, os mesmos ventos que um dia por lá passaram nos anos oitenta. Dentro do carro, Jimmy Galla os observava absorto em seus devaneios. O ar carregado de mistérios o fazia imaginar-se ao lado da garota mais cobiçada e popular do colégio, incapaz de dizer a ela todas as palavras doces que levava estudadas.

Na verdade, e como viesse muito a propósito, a bela garota estava sentada no banco do passageiro do Comaro 86, que Jimmy Galla dirigia em seu devaneio. Ele ia pensando, em sua loucura, que se sentia no dever de não saber se deveria prestar atenção no trânsito, na sua garota sentada ao lado ou na música de Ítalo Disco que alguém na estação de rádio tivera muito bom gosto em escolher para a ocasião. Muito tempo gastou nesses pensamentos, até quando a garota abriu sua bolsa e sacou dela um batom e um espelho, para retocar a maquiagem. Jimmy não teve dúvida, então, de quão boa era a opção de admirá-la. A de admirar o Ítalo Disco, por sua vez, não lhe soava nada pior. Prestar atenção no trânsito é que parecia, em sua concepção doentia, a coisa mais absurda para se fazer.

Jimmy Galla, com todos esses devaneios, transportou-se de tal modo para o infinito do espaço, que acabou se esquecendo mesmo do trânsito e deixou o voluntarioso Comaro seguir como lhe aprouvesse. O carro esporte, em cujo ano de fabricação estavam extintas as leis de trânsito, não se furtou a furar logo, em alta velocidade, o primeiro sinaleiro, colocando em risco o futuro de Jimmy Galla, a beleza da garota e o carburador que levava consigo, o qual, dentre as três coisas, era a que valia mais. Também é verdade que, por se tratar de um modelo 86, o veículo tinha muita sorte, tanto que passou pelo cruzamento sem sofrer qualquer arranhão.

Não tinham a mesma sorte, contudo, dois carros que vinham um de frente para o outro, porque deviam ser modelos de outros anos. Os veículos, ao tentarem desviar do Comaro de Jimmy, lograram fazê-lo ao custo de se chocarem. Jimmy Galla ouviu o estrondo da colisão e acordou de seus devaneios muito assustado.

Ora, não seria de se duvidar que Jimmy Galla fosse capaz de se assustar com o barulho do acidente dos próprios carros que, ao trafegarem em sua imaginação, havia sugerido a si mesmo que se chocassem. Jimmy, tal como se verá, fazia isso e muito mais. No entanto, o barulho que Jimmy Galla ouvira também era tão real quanto sua própria loucura, porque outros dois carros, isso é verdade, chocaram-se, na mesma hora, logo à frente do carro do bom pai de Jimmy, no caminho que seguiam. Realmente, Jimmy Galla pode ter se assustado tanto com uma quanto com outra colisão. Não faz diferença se muitos falarem por aí que há entre as duas batidas qualquer conexão bisonha muito distante da realidade. A história aconteceu tal como se conta e a incredulidade das pessoas não a mudará.

Não havendo muito mais que se explicar sobre isso, conte-se que o pai e a mãe de Jimmy Galla, tão logo testemunharam o acidente, deixaram o carro e foram apressados até o exato lugar onde ele acontecera. Jimmy Galla permaneceu no carro, quieto e sem saber ao certo o que realmente estava se passando, porque sua loucura não o ajudava muito nisso.

Capítulo 5

Em que Jimmy Galla faz mais coisas próprias de quem ele jurava ser.

Quando seus pais se foram, Jimmy Galla ouviu sua loucura lhe dizer:

— Chegamos!

Não há quem explique os estranhos desenlaces que tomaram lugar na história de Jimmy Galla. Cabe aqui apenas contar que, ao lançar um olhar despretensioso para fora do carro, Jimmy viu do outro lado da rua o castelo dos seus sonhos.

— Olha, Jimmy! — disse-lhe sua loucura. — Lá está o colégio onde você cursará o último ano do Segundo Grau.

Jimmy Galla, deslumbrado, contemplou o segundo grau. Onde havia uma suja calçada, Jimmy viu um lindo gramado que brilhava, sobre o qual havia uma rodinha de esquisitos adolescentes. É claro que estavam sentados de tal modo, que pareciam contar moedas, mas, na verdade, debatiam sobre as artes e a opressão da sociedade. Havia um grupo de garotas loiras, bem ao centro de tudo, proferindo inúmeras futilidades. Em um canto, jovens de valor, virgens e muito estudiosos, desvendavam o mistério do cubo mágico. Jimmy também viu uma trupe de valentões, com blusas de moletom muito largas, e uma linda e singela garota, a qual, não obstante, permanecia sozinha perto das escadas, abraçada aos seus livros.

Tinha ainda muita gente, que, não exercendo nenhuma atividade importante no segundo grau, apenas figurava no pátio, nas escadas ou perto dos mastros das bandeiras. Tratava-se de todo aquele que, haja vista a própria natureza do segundo grau, não logrou tornar-se um nerd, um esquisito, uma patricinha, um jogador ou mesmo uma garota singela, do tipo que se abraça a livros. Porém, mesmo esse povo ajudava a causar no colégio um grande vozerio e um grande agito, que era generalizado.

E Jimmy Galla, obviamente, conhecia o motivo de tanto vozerio e tanto agito. Sabia, ora, que quem quer que conversasse ou agitasse, estava fofocando, muito deliberadamente, a respeito de tudo quanto houvera acontecido nas férias de verão, especialmente no que tocava aos casais que tinham se formado e também àqueles que, ao contrário, haviam terminado. Jimmy, habilitado por sua demente condição, podia ouvir, no meio da algazarra que ali se formara, tudo o que se dizia, tão claramente quanto se fosse sua própria loucura quem lhe dissesse. Ora, ela mesma o instruíra na arte de inventar nomes de adolescentes dos anos oitenta. Por isso, conseguiu ouvir alguém falar que Kenny Duvall não estava mais com Natalie Anderson e que Andrew Johnson, capitão do time de futebol do colégio, agora namorava Samantha Mcnamara. Obviamente, Jimmy também ouviu seu nome ser dito muitas vezes, pois era o garoto mais popular da escola. E é possível que tenha escutado falarem qualquer coisa sobre Gary Taylor e Cobby Garbo, porque falaram.

Quando percebeu, se é que o fez realmente, Jimmy Galla já havia deixado o carro e se lançado em direção ao tumulto, tal como a década de setenta, sem muito pensar, lançou-se à de oitenta. Na placa que dizia o nome da escola, Jimmy, para exercitar sua demência, leu *"High School"* ao invés de "Colégio", e o nome de uma grande cidade dos Estados Unidos no lugar onde deveria ter lido outra coisa.

Sobre a arte de inventar nomes de adolescentes nada se poderia falar, pois Jimmy Galla, que é a única pessoa capaz de explicá-la, não a explicou. Não se perca, contudo, a esperança de que ele, algum dia, preste esclarecimentos a respeito desse assunto.

Capítulo 6

Que trata da maneira com que Jimmy Galla chegou ao colégio e daqueles os quais ele levava nos pensamentos.

Ora, é aborrecedor contar que, fora o próprio Jimmy Galla, três foram as destacadas personalidades que um dia subiram à casa da árvore. Isso é tão óbvio e certo quanto é desnecessário dizer que a casa da árvore em questão é a que Jimmy Galla sempre teve, na qual entraram apenas os mais pueris e verdadeiros corações, que, a saber, eram os amigos de Jimmy, os quais desde a infância o acompanharam em mais de mil novecentas e oitenta e seis deliberações a respeito de tudo quanto crianças naturalmente deliberavam naquela época, início dos anos oitenta. E é claro que, ao Jimmy Galla acordar em 1986, sua debilidade mental o fez sentir muita saudade de todos esses amigos, a tal ponto que ele podia jurar que realmente os tinha. Que não se discuta isso, porque, de qualquer modo, a condição de Jimmy Galla não comportava quaisquer outros amigos que não aqueles que as comédias dos anos oitenta, muito criteriosas, diziam-lhe ser fiéis e sinceros. De fato, eram os mais verdadeiros que um dia já tivera. Ademais, Jimmy sabia que, sem seu amigo tagarela, seu amigo nerd e sua amiga para todas as horas, Jimmy Galla não fazia sentido.

Portanto, ao chegar ao colégio e presenciar a algazarra que ali se estabelecia, Jimmy foi acometido de uma terrível comichão, tão ansioso estava de encontrar seus sinceros amigos, a saber, seu amigo nerd, seu amigo tagarela e sua amiga para todas as horas, tal qual se contou. E foi Jimmy procurá-los, disposto, na verdade, a tomar por amigo tudo quanto se encaixasse nesses tipos que sua loucura lhe indicara.

Quando Jimmy Galla, todavia, chegou ao pátio do colégio, um pensamento muito terrível lhe ocorreu e logo sentiu um calafrio. Notou ainda nem saber os nomes dos seus amigos, de tal modo que, se quisesse sabê-los, teria que inventá-los da mesma maneira que se inventam os nomes dos casais que terminam ou se formam.

— São meus melhores amigos — disse Jimmy Galla a si mesmo —, e os mais sinceros e verdadeiros que já tive. Eles já têm seus nomes.

A loucura de Jimmy compreendeu logo suas inquietudes e deu-lhe razão na decisão de não se valer da arte de inventar nomes de adolescentes, mas, tanto quanto o próprio Jimmy Galla, não sabia dizer quais eram os nomes. Apressou-se, portanto, nessa empreitada, temerosa de que Jimmy Galla se esclarecesse.

— É claro, Jimmy — disse-lhe a demência —, que todos os seus amigos já têm nomes.

— Sim — concordou Jimmy —, mas não estou lembrado deles.

— Ora — a loucura tornou, tentando ainda ganhar algum tempo —, eu sei os nomes.

Bastante impaciente, Jimmy respondeu:

— Então fala, sua retardada!

De fato, a loucura de Jimmy Galla, tão logo pôde, deu-lhe os nomes com os quais identificar seus amigos. O grande prejuízo nisso tudo foi que, inventados tão às pressas, eles acabaram vindo pouco a propósito.

— Aquela sua amiga — explicou a loucura — que te ajudava em tudo quanto dizia respeito à casa da árvore é a Cindy Covarrubias. Seu amigo nerd, cheio de chiliques, claro que é o Tobby.

— Tobby? — perguntou Jimmy Galla, confuso.

— Sim — respondeu sua loucura —, Tobby Trobogan.

Ao que Jimmy suspirou e, muito aliviado, disse:

— Ah, sim.

E nem é necessário contar que o nome do tagarela veio simplesmente "Joe", ao cujo som Jimmy Galla estremeceu, enquanto seus olhos brilhavam e suas lembranças da infância vinham-lhe à tona uma atrás da outra, todas inventadas com muito zelo.

Capítulo 7

Em que se conta como Jimmy Galla se meteu em uma enrascada.

Enquanto Jimmy Galla estivera estacado à beira do tumulto, causara uma maravilhosa comoção em quantos ali estavam, pois todos, por algum momento, pararam o que faziam a fim de prestigiar a chegada de Jimmy Galla. A atenção que a ele dispensavam era nada senão fruto da admiração ou inveja que sentiam, apesar de que se diga por aí que seus trajes imundos e arruinados, tanto quanto sua ridícula afetação, causavam mais interesse e eram o motivo da comoção que lá se verificou. De qualquer forma, Jimmy era o garoto mais incrível de todo o colégio.

Por isso, ora, foi Jimmy Galla e, chegando-se ao primeiro grupinho de adolescentes que logrou alcançar, observou-o com um maravilhoso cuidado, tencionando tirar dali algum amigo de infância, porque a saudade já estava o abatendo muito. Uma vez que a sua loucura, porém e tal como se contou, era muito criteriosa na escolha das amizades, Jimmy Galla tratou de perceber que ninguém ali era digno de assumir a condição de Cindy, Joe ou Tobby Trobogan. Então lhes perguntou:

— Ei, vocês viram por aí o Tobby, a Cindy e o Joe?

Ninguém teve a perspicácia de dizer a Jimmy que ele os procurava na década errada, porque ninguém ali seria capaz de falar tal coisa, mas um rapaz, em tom de mofa, respondeu, apontando para um cão vadio que passava na rua:

— O Tobby está vindo lá.

— Onde? — perguntou Jimmy Galla, olhando para as pessoas próximas ao cão.

— Lá — respondeu o garoto —, próximo àquelas pessoas. O cão.

E, ao terminar de dizer isso, agachou-se e gesticulou de forma a atrair o cão, fazendo também sons com a boca

Tão logo Jimmy Galla entendeu a piada, tratou de consultar a si mesmo com respeito a como deveria proceder na situação, pois temeu agir de uma forma tal que a ocasião nada se assemelhasse a um filme de adolescentes. Meteu-se em alguns cálculos e, ao encerrá-los, acabou decidido a dar um soco no rapaz engraçadinho, muito crente de que era Berry Minpel enfrentando Burt Rebely às três horas e meia da tarde daquele famoso dia em que os dois se bateram em duelo.*

— Seu desgraçado! — gritou Jimmy Galla, enquanto cerrava os punhos com uma desusada bravura. — Experimenta essa.

O soco veio logo em seguida, mas, é claro, não teve a mesma potência daquele com o qual Berry lançou por terra o mais temível valentão da escola, nem tampouco a mesma precisão, mesmo havendo Jimmy Galla procurado desferir o golpe com idêntico estilo. Tanta foi a afetação nos movimentos da investida, aliás, que Jimmy Galla mais dançou do que atacou. Nem por isso, contudo, seu adversário deixou de irritar-se, tanto que, não contendo os nervos, tratou de aplicar um gancho no baço de Jimmy e, em seguida, lançou-o por terra com uma violenta rasteira.

Havia já se formado, ao redor da batalha, um atento público, o qual delimitava a área de duelo, tal como aconteceu a Berry Minpel e Burt Rebely, às quinze e trinta horas. Não há que se explicar que essas coisas ainda acontecem, nos tempos de hoje em dia, mas conte-se que Jimmy Galla obrigou-se a acreditar estar ouvindo gritos de incentivos a si, que partiam da multidão inflamada, muito embora ela permanecesse em silêncio, porque não se usa mais, nos tempos de hoje em dia, isso sim, fazer vozerio em brigas. Jimmy, de qualquer forma, ouvia tudo muito nitidamente, como se a briga fosse dos anos oitenta.

---

* Three o'clock high, 1987.

— Jimmy Galla, Jimmy, Jimmy Galla! — bradavam num coro só.

Muito motivado, Jimmy não tardou a se levantar e a cair novamente, dessa vez, vítima de uma voadora. Ao chão, tornou a julgar ouvir a torcida dos seus exaltados admiradores, sobretudo das garotas. Assim continuou, levantando ao som dos seus delírios após cada pancada. E, enfim, Jimmy foi brutalmente surrado, haja vista que era tão impotente, magricelo e desastrado quanto Berry Minpel, mas nem de longe tão sortudo.

Capítulo 8

O QUAL, DE TÃO EXTRAORDINÁRIO, ALGUNS CUSTAM A TOMAR POR VERDADEIRO.

Era uma noite de brisa suave. Após alguns segundos de silêncio, veio ao ar um toque agudo de sintetizador, no qual Jimmy, apenas observando a maneira do som perambular, reconheceu o começo daquela música que, traduzida do Inglês, quer dizer "Diga pra você e então diga pra mim". Quando finalmente a música chegou aos seus ouvidos, conteve-se para não chorar, pois o estaria fazendo na frente da mais linda garota que jamais estudara naquele colégio. Esteve absorto em seus delírios, então, durante as quatro repetições das três primeiras notas, dividindo suas atenções entre os elogios que no íntimo do seu coração fazia a Lamuel Rishei e os olhares que a garota à sua frente lhe lançava. Terminadas as doze primeiras notas, compreendeu que deveria se aproximar da garota, cujo olhar lhe indicava o que fazer. Jimmy Galla ainda lutou contra sua incredulidade, a fim de acreditar que seu baile de formatura pudesse ser perfeito a tal ponto que a música para a dança romântica fosse "Diga pra mim e então diga pra você" e o seu par para a dança fosse aquela garota.

Havia ela chegado ao colégio naquele mesmo ano de 1986, tornando-se logo o centro das atenções e o principal assunto, tanto entre os garotos, que a desejavam, como entre a maioria das garotas, que a desejavam morta. Iam ainda mais dois meses para o baile e muitos já se puseram a pensar na melhor maneira de convidá-la. Até mesmo algumas garotas o fizeram, mas de qualquer forma não acabariam realizadas, em virtude das regras do evento. As regras da garota mais desejada, linda e voluntariosa, por sua vez, excluíam um a um os garotos, os quais diziam estar apaixonados.

Faltando uma semana para o baile, Jimmy então decidira lhe fazer também o pedido, apenas para ver até onde ela era caprichosa e porque sentia ser sua obrigação passar o baile ao lado da garota mais linda, pois, na verdade, jamais estivera apaixonado. Aconteceu que o muro de indiferença da garota, com o pedido de Jimmy Galla, tratou de cair, de forma que os dois acabaram formando o par principal do baile. E foi ali, quando Lamuel veio do além para tocar o coração de Jimmy, que esse não conseguiu deixar de notar que estava perdidamente apaixonado. Convenceu-se com facilidade de que era possível tudo ser perfeito ao ponto de que aquela fosse a música e aquela fosse a garota, uma vez que, ao invés de duvidar, era muito mais do seu feitio devanear.

Jimmy aproximou-se olhando-a nos olhos e entendeu ser aquele o momento de beijá-la. Inclinou-se levemente enquanto aproximava sua mão direita ao singelo rosto. E este, maquiado com a perfeição que aquele momento exigia, e em cujo semblante Jimmy tentava extrair algum sinal de aquiescência ao que mostrava claro tencionar fazer, tratou logo de assumir uma terna expressão de languidez, ao que Jimmy Galla reagiu com um ligeiro sorriso. Com o ensejo, Jimmy tocou-a suavemente no rosto, desviando habilmente seus dedos do gigantesco e cintilante brinco, cuja beleza também tinha como indispensável para a perfeição do baile. Aos poucos foi aproximando seu rosto ao dela, até que, quando estava prestes a beijá-la, um barulho estrondoso veio das portas do salão. O susto foi geral e Jimmy foi obrigado a recuar. Todos olharam assustados para as portas de entrada, de onde viera o som. Haviam sido arrombadas com extrema violência.

— É a polícia! Ninguém se mova! — disse um dos homens que adentravam.

O Senhor Costello, diretor do colégio, surgiu de um canto e interpelou o homem.

— O que significa isso? — perguntou.

— Estamos aqui para cumprir uma determinação da Lei e da Justiça. Quem é Jimmy Galla?

Surpreso, o Diretor Costello nada respondeu. A multidão, por sua vez, foi saindo lentamente para os flancos do salão, até que Jimmy Galla surgisse ao centro tendo próximo de si apenas sua garota. Sem muito que fazer, Jimmy disse ao oficial:

— Sou Jimmy Galla.

— Jimmy Galla — falou-lhe um deles —, seu tempo no segundo grau está acabado. Viemos para levá-lo à universidade.

Ao ouvi-lo assim dizer, Jimmy tentou fugir, mas os policiais já haviam cercado o lugar. Muitos deles agarraram-no bruscamente e o lançaram ao chão, pondo nele as algemas.

— Não, não quero ir à faculdade! — gritava Jimmy desesperado, enquanto tentava inutilmente se desvencilhar das algemas e dos policiais. — Quero ficar no Segundo Grau! Não me levem à faculdade!

Não obstante, levantaram-no e o carregavam em direção às portas do salão. Jimmy continuava a gritar aflito:

— Não deixem que me levem à faculdade! Meu lugar é no Segundo Grau! No Segundo Grau!

Antes de ser retirado do salão, Jimmy ainda pôde contemplar sua garota, que, sozinha, chorava descontroladamente. Quando, enfim, transpuseram o vestíbulo e entraram na escuridão do lado de fora, Jimmy pulou assustado do leito, suado e praguejando.

— Quero ficar no Segundo Grau! Não vou para a universidade! — dizia, muito exaltado.

Jimmy sonhara e agora acordava.

Capítulo 9

Que é muito discreto.

Pouco importaria que não se contasse, mas que se conte que, após sofrer tudo quanto sofreu no duelo contra Burt Rebely, Jimmy Galla desmaiara. E, tão logo isso aconteceu, uma garota que assistia ao seu suplício, aluna daquele colégio, moveu-se de compaixão e correu para chamar um monitor, a fim de que fosse tomada alguma providência. Ao primeiro que encontrou, tratou logo de narrar desesperadamente toda a batalha de Jimmy Galla, acrescentando ao caso um ar de bravura medieval e muitas outras patranhas, que não cabem aqui ser contadas. Mesmo assim o monitor lhe disse:

— Desculpe-me.

E falou, em seguida, que nada ali havia para ser feito, porque a briga não acontecera dentro do colégio.

— E ele nem é nosso aluno — encerrou.

A garota insistiu:

— Ele pode ser aluno novo, desses que levam uma semana para comprar o uniforme.

Como o monitor permanecesse em suas atividades, pouco caso fazendo do que ouvia, a gentil menina decidiu inventar dizer-lhe que Jimmy Galla jazia morto em frente ao colégio, porém não sabendo ela, é claro, que Jimmy Galla assim se chamava.

— Ele está morto! — disse ela. — Faça alguma coisa!

É muito óbvio que Jimmy Galla, quer surrado ou quer são, não poderia estar morto, porquanto não mais viveria. E, não vivendo, não lhe sobreviria mais ensejo para dar largas à sua loucura, de tal forma que todas as mil novecentas e oitenta e seis páginas seguintes deste livro nada conteriam senão espaços em branco. E já se sabe que páginas em branco não contam histórias galantes, cheias de paixão e aventura, como é a de Jimmy Galla, ao menos de certo ponto em diante.

De qualquer modo, o monitor do colégio acabou preocupado e atendeu à garota, após a conversa que tiveram, da qual nada se pode tirar de importante. Aproximou-se de Jimmy e, constatando que ele vivia, disse à garota:

— Ele está vivo. Só está desmaiado.

A multidão que presenciara a luta de Jimmy Galla ali já não se encontrava. Estava em qualquer outro lugar que não ali, tanto mais porque a aula começara. O monitor, então, pediu à bondosa menina que fosse para sua sala e, como tencionasse levar Jimmy à enfermaria, disse-lhe também:

— Tudo bem, vou levá-lo à enfermaria.

O que se contou é bastante ruim e não tem graça nenhuma, porque Jimmy Galla estava desmaiado e não pôde fazer nenhuma das suas.

Capítulo 10

Que diz respeito a Jimmy Galla.

De fato, Jimmy foi mesmo levado à enfermaria do colégio. No tempo em que esteve desmaiado, sonhou estar no baile de formatura ouvindo Lamuel Richei cantar uma bela canção. Também em seu sonho, viu-se apaixonado e algemado, de acordo com o relato, que é muito bonito. Jimmy Galla acordou então num sobressalto e levou algum tempo para perceber que não estava sendo obrigado a tomar aulas de artes nos porões de uma universidade. Quando enfim o percebeu, levantou o olhar ao teto, focalizou algo além dele e cantou uma música dos anos oitenta, reproduzindo com sons bizarros as partes de sintetizador. Tentou até dar como ocorrida a história do sonho, conforme a sugestão da sua loucura.

— Atribua a sua salvação a Lamuel Rishei — sua debilidade mental lhe dizia. — Ele o viu ser levado à força à universidade e foi resgatá-lo. Ele conseguiu acesso ao cubículo onde o encarceraram se passando por faxineiro.

Contudo, Jimmy e sua loucura acabaram concordando em que tudo aquilo havia sido mesmo um sonho ruim, apenas. Não poderia ser verdade, porque o baile de formatura, lembraram bem, ainda estava por vir.

Fosse como fosse, ora, contou-se que largaram Jimmy Galla sozinho na enfermaria do colégio no qual julgava estudar. Se há nesta história algum herói além daqueles que já são conhecidos, é o monitor do colégio, que teve a condescendência de deixar uma situação desse tipo dar lugar. Após verificar o estado clínico de Jimmy, ele se compadecera e tomara a resolução de levá-lo à enfermaria. Como não julgasse ser Jimmy um aluno, entretanto, parecendo mais a ele que fosse um mendigo, largara-o lá sem prestar-lhe nenhum cuidado e fora ocupar-se das coisas de sua incumbência, crente de que Jimmy Galla demoraria a voltar a si. Como se verá, Jimmy levou ainda muito mais tempo para voltar a si totalmente.

De qualquer forma, tão logo Jimmy se sentiu todo dolorido das pancadas que sofrera, parou de pensar no sonho e lembrou-se muito bem da surra que tomara, muito embora sua demência ainda insistisse em que a dor resultava da tortura nos porões da universidade. Levantou-se penosamente e se arcou para trás, como que para ter a sensação de que punha no lugar as costas. Em seguida, fez um esforço para estalar todos os membros do corpo e, acabou, por fim, sentindo-se um pouco melhor. Enquanto se contorcia mais um tanto, encontrou o relógio pendurado na parede e viu que já se passavam vinte minutos do início da primeira aula, nas suas contas.

— Primeiro dia de aula e não estou na sala para promover um estardalhaço sem tamanho! — disse a si mesmo. — A Cindy, o Joe e o Tobby devem estar imaginando que algo terrível me aconteceu.

Logo percebeu que, se assim imaginavam, imaginavam com razão: ou fora surrado, ou estivera encarcerado num cubículo escuro de uma faculdade. De uma maneira ou de outra, sentia-se recuperado e queria ir para a sala de aula. A verdade é que, após lembrar-se de todos os projetos que pretendia empreender, a dor não lhe falou mais nada.

Capítulo 11

DAS CONSIDERAÇÕES QUE JIMMY GALLA E SUA LOUCURA FIZERAM DENTRO DO ALMOXARIFADO.

Sem mais o que fazer ou considerar na enfermaria, Jimmy Galla tomou sua mochila e foi-se de lá, em direção à sala de aula, na qual, tal como se contou, tencionava encontrar seus amigos.

Ora, tão logo aconteceu o que se acabou de contar, encontrou-se Jimmy Galla no corredor do colégio. Ali, sua enfermidade mental o acometeu e se puseram os dois a liberar, de tal forma que, na verdade, Jimmy Galla deliberava consigo, pois não havia qualquer distância entre ele e sua loucura e os dois eram a mesma coisa. Discutiam os dois, ou discutia Jimmy consigo mesmo, nada senão o que deveriam tomar por sala de aula.

— Na verdade, Jimmy — disse-lhe sua demência —, que diferença faz? Que quer que as portas desse colégio revelem atrás de si, todas elas, em resumo, revelarão sua sala de aula, ao invés de revelarem o que realmente se encerra nos lugares que guardam.

Enquanto terminava de ouvir esses juízos, Jimmy Galla balançava a cabeça positivamente, muito concordando com todos eles. E sua loucura ainda disse-lhe:

— Não faria sentido se todos os ambientes do colégio não fossem suas salas de aula, nas quais você pode aprontar o que certamente aprontará.

E, sem o que questionar a respeito desses absurdos, partiu Jimmy Galla, disposto a tomar por sua sala de aula o lugar que a primeira porta revelasse atrás de si. E, ora, à frente da enfermaria estava o almoxarifado. Nem há que se contar que Jimmy lá foi ter e, então, ideias desequilibradas lhe ocorreram, pois a ocasião ali era para tanto. Dentro do almoxarifado, correu grande risco de atribuir ao escovão títulos de magistratura, preparar coquetéis com água sanitária e cera líquida e imaginar uma situação na qual o depósito, de algum estranho modo, era o cenário de um filme dos anos oitenta. Entretanto, não achando o Joe, o Tobby e a Cindy, ou quaisquer coisas que com eles se assemelhassem, com as quais pudesse se confundir, acabou duvidando que o almoxarifado fosse sua sala de aula e resolveu tornar ao corredor, a fim de se meter em algum lugar mais fácil de transformar em sala de aula.

Guiado por seu deficiente intelecto, Jimmy Galla perambulou ao longo do corredor, ao final do qual encontrou uma porta especial, identificada.

— Minha nossa! — falou Jimmy.

E continuou:

— A sala do Diretor Costello!

Na inscrição que dizia "diretoria", Jimmy, tomado por terríveis lunações, não conseguia ler nada que não fosse "Diretor Costello". De fato, era a sala do Diretor Costello, ou Senhor Costello, como podia também ser chamado. Desse modo, nem todos os lugares e ambientes do colégio, concluiu Jimmy Galla, eram suas salas de aula. Caso fossem, muito se perderia em questão de oportunidades para cometer burlas e disparates, as quais planejava cometer à guisa dos anos oitenta. Portanto, foi muito justo e acertado, da parte de Jimmy Galla, tomar por almoxarifado o almoxarifado e não fazê-lo sua sala de aula. E, da mesma maneira, Jimmy não fez mal em colocar em seu escritório o Diretor Costello, haja vista o que se contará sobre esse estúpido homem.

É claro que Jimmy Galla, encorajado pelos incentivos da sua demência, foi logo abrir a porta do Diretor Costello, ou Senhor Costello, como também era conhecido.

Capítulo 12

Que trata do Diretor Costello, ou Senhor Costello.

Jimmy Galla levava na cabeça a imagem de Andy Ropey, implacável perseguidor de Féron Bilets, e dava-lhe astutamente o nome de Senhor Costello. Tanto fazia um nome ou outro, exceto que o que Jimmy Galla atribuía vinha em favor da manutenção de seus delírios. E sempre que ele fabulava Andy Ropey ser o Senhor Costello, o diretor do colégio, acreditava que era Féron Bilets e tinha o ímpeto de passar a perna no Diretor Costello à guisa de Féron, por quem tinha um desmedido carinho. Assim esteve algum tempo Jimmy Galla, com a mão na maçaneta, prestes a entrar na sala do Senhor Costello, absorto em sua imaginação e passando-se por Féron Bilets, o qual, lembrou muito bem, também se passou certa vez por outra pessoa, com o fito de despistar Andy Ropey.*

Este, que era o Diretor Costello, era um estúpido homem. Tinha muitos problemas com a esposa e estava sempre em vias de se separar, porque não sabia lidar com as mulheres. E, tanto quanto com as mulheres, não sabia lidar com crianças e adolescentes. Faltava-lhe carisma e jeito, de modo que não havia quem com ele simpatizasse. Saía derrotado de tudo quanto fazia e nunca pensava em mudar as maneiras, porque era teimoso e arrogante. Do mesmo modo que Féron Bilets adorava azucrinar Andy Ropey, Jimmy Galla nutriu-se de ânimo para espezinhar o Senhor Costello e foi ter com ele.

* Ferris Bueller's Day Off, 1986.

Capítulo 13

De como Jimmy Galla compreendia as coisas do colégio e sobre o modo com que ele maginou uma garota ser um alienígena.

Quando Jimmy Galla estava em vias de entrar na sala do Diretor Costello, alguém lhe falou:

— Oi!

Uma garota havia entrado no corredor e chegado até Jimmy, sem que ele a percebesse, tão compenetrado estava no que fazia. Aliás, tão absorto estava, que se assustou, sem se importar em mostrar sua falta de galhardia, gritou de medo e deixou-se cair ao chão. Sem ainda saber quem o saudava, acreditou estar sendo abordado por um alienígena, porque, instruído por sua condição lunática, sabia que esse era o modo mais apropriado de se aterrorizar, de acordo com os horrores típicos da década de oitenta. Sua covardia, então, pareceu-lhe de muito bom gosto, ao imaginar que um extraterrestre ali chegava com misteriosas intenções.

A garota, com a ridícula reação de Jimmy Galla, também assustou-se, mas logo se inclinou para ajudá-lo.

— Você está bem? — perguntou-lhe.

Jimmy logo notou o engano que cometera e disse a si mesmo:

— Como poderia eu, Jimmy Galla, imaginar que tão doce voz e tão singelo rostinho poderiam pertencer a um alienígena?

Jimmy, com suas descomedidas maneiras, costumava exagerar a beleza de tudo quanto era belo e a feiura de tudo quanto era feio, mas, nem se fosse acometido pelo esclarecimento e, ali mesmo, às pressas, lograsse voltar a si de todo, poderia desconsiderar a ternura e donaire da garota que a ele se afigurava. Portanto, tratou logo de levantar-se e, maldizendo sua própria covardia, assumir uma postura mais digna. Realizado isso, cumprimentou a garota com as mais gentis maneiras, que soavam, é claro, muito galantes, porque Jimmy Galla era um grande galanteador.

— O que posso fazer por você? — perguntou a ela. — Estou aqui.

Ao que a garota respondeu:

— Está tudo bem, eu te vi andando no corredor e só quis saber se você está melhor. Aquele garoto é um idiota. Ah! Que boba eu! Você já está andando...

Tão graciosas eram as maneiras com que a garota gesticulava ao falar, que Jimmy Galla paralisou, fitando-a com um brilho sem igual nos olhos. Ela perguntara a Jimmy a respeito de sua condição porque era a mesma que dele se compadecera, após a ridícula cena do espancamento.

Capítulo 14

Que trata da conversa que teve Jimmy Galla com a garota que se contará quem é.

Jimmy Galla, recompondo-se, disse:

— Por que eu estaria me sentindo mal?

Em razão de estar em presença de tão grande formosura, Jimmy se esquecera do pouco de dor que ainda sentia e das pancadas que levara. A garota respondeu-lhe:

— Não liga não, aquele garoto é um idiota.

Ao que Jimmy insistiu:

— Do que está falando?

— Deixa pra lá — disse-lhe ela. — Me diga, como você se chama?

— Eu sou Jimmy Galla, o garoto mais popular do colégio.

Jimmy imaginou que a garota pudesse ser a Cindy, sua amiga, e se confundiu com o que queria que fosse Cindy e o que seu entendimento defeituoso desejava que ela fosse. Como precisasse perguntar também o nome dela, a fim de não cometer uma grosseria, teria que decidir logo se haveria de forçar a si mesmo a ouvir "Cindy" quando ouvisse qualquer outra coisa, ou haveria de dar como nome dela o nome dela.

— E agora? — perguntou Jimmy à sua loucura. — O que eu faço?

— Não se desassossegue — respondeu ela. — Tomaremos uma resolução razoável quanto ao nome. Apenas seja gentil e pergunte logo o nome dela.

E Jimmy Galla, embora ainda preocupado, não desobedeceu a seu próprio debilitado intelecto e perguntou à garota o seu nome:

— Como você se chama?

— É Ana — ela respondeu.

Jimmy e sua loucura se entreolharam como que pensassem a mesma coisa.

— Ana com dois "enes" — perguntou Jimmy Galla —, como aquela do filme?

— Não — explicou a garota. — Ana com um "ene" só.

Jimmy e sua compreensão demente tornaram a se entreolhar e disse-lhe:

— Não vejo nada de errado com o nome dela.

Ao que sua loucura retrucou:

— Nem eu.

Jimmy e ela, sua demência, entreolharam-se pela última vez, muito satisfeitos, um sorrindo para o outro singelos sorrisos. Ana, que recebera por parte de ambos a aprovação do nome, continuou, nestes termos, a conversa que os três levavam.

— Você é aluno aqui do colégio, não é?

Ao que Jimmy sorriu, enquanto pensava na ingenuidade da pergunta.

— Você apenas não tem o uniforme ainda — insistiu a garota —, não é?

É claro que não há necessidade de se contar que Jimmy Galla, tão rápido quanto se apaixona um adolescente, compreendeu que a garota, sua amiga, viera de alguma distante região do país, onde o estado das coisas se encontrava de tal modo e as pessoas levavam vidas tão simples, que ali os alunos usavam uniforme escolar. Jimmy sabia que, além da Califórnia, deviam existir no mundo mais alguns estados, todos muito distantes, a maioria dos quais imaginava que eram chamados de Tenessí. Tanto era, que Jimmy Galla a respondeu nestes termos:

— As coisas aqui são um pouco diferentes, mas você se acostuma.

Ana, que era uma garota de hoje em dia, apenas riu, sem saber ao certo o que se passava ali.

— Então você é mesmo aluno daqui — disse. — Isso que eu queria saber. E emendou: —— Eu também queria saber de que turma você é. Eu sou do último ano, da turma D.

Nem havia ela terminado de falar tudo quanto falou, estava já Jimmy Galla tomado por invulgares ideias, que, entre outras coisas, eram inquietudes.

— Qual é minha turma? — perguntou Jimmy Galla à sua loucura.

E, ora, deste modo sua loucura respondeu-lhe:

— Que desassossego ridículo! Parece um desassossego de qualquer outra década. Qual deveria ser a sua turma?

Ao que Jimmy Galla, compreendendo a repreensão, voltou-se à garota e disse:

— Você sabe qual é a minha turma?

— Não.

— Mas eu sei. É o último ano, a turma D.

Claro que Jimmy Galla não teria forças para fazer de outro modo.

Capítulo 15

Em que prossegue o colóquio entre Jimmy Galla e a garota, mas não apenas isso acontece.

Quarenta dos cinquenta minutos ao longo dos quais durava a primeira aula tinham já se passado, quando Jimmy e Ana passeavam pelo corredor. E iam os dois tagarelando muitas ninharias desta espécie:

— Pois somos, então, colegas de turma!

— Sim — respondeu Jimmy Galla —, mas o que estamos fazendo fora da sala? Na verdade, o que você está fazendo fora da sala? Porque eu estava na enfermaria.

— Estou falando com você!

Jimmy gostou e riu:

— E o que estava fazendo antes? — perguntou.

Ao que Ana desabafou:

— Ah Jimmy, eu odeio esse colégio.

— É? Me conte mais sobre isso.

— Depois que chamei o monitor para te socorrer, ele me mandou para a sala. Quando cheguei lá, a aula tinha começado fazia só cinco minutos, acho que até menos. Mesmo assim, aquele imbecil daquele professor me disse que eu não ia entrar atrasada na sala, não importava o motivo. Aí ele me mandou para o diretor. Eu ainda tentei explicar, mas não serviu para nada.

— E o Senhor Costelo, o que ele fez? Aposto que foi ainda mais imbecil, porque ele é.

— Quem é esse Senhor Costello?

— Quem mais seria além do diretor?

Ora, Ana não sabia a que sorte de piadas Jimmy Galla recorria, nem poderia saber. Por isso, não lhe falou nada a respeito do nome do Senhor Costello, pelo risco de dizer uma bobagem, tanto mais porquanto o Diretor Costello se chamava mesmo assim.

— Ele me disse que ia deixar passar dessa vez, porque nunca dei problema antes, mas que eu fosse mais cautelosa com o horário.

É evidente que Jimmy Galla, a essa altura, não mais ouvia o que sua amiga dizia, porque, se ouvisse que o Diretor Costello tomara uma atitude clemente, ficaria louco e sumiria daquele colégio no mesmo instante para nunca mais voltar. Para poupar Jimmy Galla dessa desilusão, sua loucura o enchera de estupendos devaneios, nos quais perseguia e infernizava o Diretor Costello, porque, tal como se contou, Jimmy desejava persegui-lo e infernizá-lo do mesmo modo com que Féron Bilets fazia com Andy Ropey, e, especialmente, como fez no dia em que se passou pelo avô de sua namorada, deixando Andy em uma situação muito vexatória. Na verdade, tão adiantado Jimmy Galla estava nesses devaneios, que ia já, nos pensamentos, dirigindo a Ferrari do tio do seu amigo, muito distante do colégio.*

— Porque você está olhando desse jeito para a parede? — Ana perguntou-lhe. — Parece que está olhando para muito além dela.

— Que foi — respondeu-lhe Jimmy Galla —, minha namorada Soenne?

— Como você me chamou?

Como Jimmy aos poucos voltasse a si, respondeu que chamara de Ana. Depois voltou a si de todo.

— A gente precisa ir para a sala — lembrou. — O Tobby, a Cindy e o Joe estão lá.

— Quem são todas essas pessoas de quem você fala? De qualquer forma espere, porque o sinal da segunda aula está para bater. Não vale a pena entrar agora. O professor pode se zangar com você como se zangou comigo. E vai ser por nada.

Realmente, mal ela terminou de falar e o sinal tocou. Acabava assim a primeira aula e Ana já começava a duvidar da sanidade de Jimmy Galla. Na verdade, havia demorado.

* Ferris Bueller's Day Off, 1986.

Capítulo 16

Que trata da alcunha do Professor de História e dos pedagogos de hoje em dia.

Quando Ana e Jimmy chegaram à sala de aula, o Professor de História estava de saída e todos se encontraram. Não houve nisso nada de maravilhoso ou digno de relato, mas Jimmy Galla, ao ver o estúpido homem se afigurar à sua frente, deu-lhe logo um nome e uma alcunha, os quais, ao comparar com o semblante que os sugeriam, sabia ser o motivo de suas gargalhadas. Aliás, mais parecia que, ao invés de gargalhar, Jimmy Galla gargarejava, tão semelhantes e ridículos eram o nome, a alcunha e o semblante do Professor de História, que nem precisam ser contados, em razão da facilidade de se imaginar quais eram. Obviamente, ninguém deveria cometer o erro de pensar que o apelido do estúpido professor era Trobogan, porque esse já era o sobrenome do Tobby. E que se encerre logo esse desagradável assunto contando que o ridículo homem, o Professor de História, tinha pelo no nariz.

Deixando-o para trás enquanto ainda ria-se, Jimmy Galla entrou na sala de aula e a contemplou. Seus olhinhos brilharam ao presenciar o vozerio e a algazarra que ali havia se instalado após a saída do Professor de História. É certo que Jimmy Galla não haveria de constatar ali qualquer coisa que não fosse vozerio e algazarra, quer fosse ou não isso mesmo que ali estivesse tomando lugar. Realmente, porém, a turma estava mesmo tomada de uma completa euforia e Jimmy Galla não estava sonhando. O que não passava por sua cabeça, com toda razão, eram as novas metodologias pedagógicas de hoje em dia.

Ora, a escola que Jimmy Galla tomou por sua, tal como todas as outras escolas dos dias de agora, tinha no quadro funcional uma pedagoga de hoje em dia, a qual, instruída em coisas da pedagogia recente, preconizava o uso da euforia, do vozerio e da algazarra no processo do aprendizado, o que é coisa puramente de hoje em dia e a década de oitenta não conheceu. Quando tratava desse assunto, ela falava nestes termos:

— O importante, hoje em dia, é usar a rebeldia em prol da cidadania.

Portanto, e Jimmy Galla jamais saberia, a escola aceitava, até com muito louvor, que se promovesse, no intervalo de uma para a outra aula, agito e algazarras. Muito feliz é Jimmy Galla por não saber desses motivos pedagógicos que rodeavam aquele agito. Tão logo soubesse, seu estômago embrulharia. Que Jimmy Galla preserve no coração o genuíno sentido dos vozerios e das algazarras, os quais não têm e nunca terão nada que ver com pedagogia.

Capítulo 17

O qual trata da sala de aula em que Jimmy Galla estudava.

Mas, ora, instantes após Jimmy Galla entrar de fato em sua sala de aula, o agito que ali se verificava parou, porque Jimmy causara novamente uma comoção, quer seja pela admiração que tinham por ele ou porque, ao se parecer com um artista circense, um nômade, causava muita curiosidade. De qualquer forma, a interrupção da algazarra foi coisa nunca antes vista naquele colégio. A pedagoga de lá, tivesse sido informada sobre esse acontecimento, teria ido para casa nesse dia muito entristecida e desencorajada. De qualquer forma, e isso é o que realmente importa, Jimmy Galla, ao ser observado por todos, teve também a chance de olhar nos olhos de cada um e, apenas com isso, formar todos os juízos que precisava.

Sem muita dificuldade, ora, qualquer paspalhão poderia observar que havia ali quem se dedicasse ao estudo, quem se dedicasse ao que se chama de ip-óp e quem seguisse o que se diz que é o pop-roque, tal como é na época de hoje em dia, que não carrega mistérios e paspalhões sabem explicar. Tanto é, que aqui muito está explicado.

Ora, quem se dedica ao ip-óp chama-se óp-escoteiro e torce por um time de futebol chamado Carça, algumas vezes, por isso, sendo chamado carçudo. Sem exceção, os garotos do ip-óp possuem um espírito mirrado e choram muito, por não saberem nada sobre as garotas, inclusive, e especialmente, as garotas do ip-óp. Todo aquele, por sua vez, que se dedica ao pop-roque chora muito mais, porque sabe ainda menos sobre as garotas e, muito retraído, jamais saberá. Os rapazes que estudam fazem-no com muito exagero e levam vidas sem sentido. Já as garotas, todas elas, quer se dediquem ao ip-óp ou ao pop-roque, não dão a mínima para os garotos e os fazem todos de bestas.

Por mais pavoroso que isso soe, não há nisso tudo que até aqui se contou algo tão grotesco e digno de ânsias quanto o que se sabe sobre as garotas estudiosas. Sabe-se que elas gastam todas suas energias e todo seu tempo nas suas atividades acadêmicas e em seu futuro profissional, recusando quaisquer garotos que lhes apareçam com as mais sinceras intenções, tal como faz, realmente, todo tipo de garota. Porém, ao contrário das outras, as garotas que se dedicam ao estudo conquistam o mundo e perdem a si mesmas, chorando prolongadamente durante as noites sem fim. Mesmo assim, elas jamais mudam de atitude.

Jimmy, certamente, não via ali o que se vê hoje em dia, porque isso seria um absurdo. Essas coisas, nos tempos de Jimmy Galla, eram muito mais intrincadas. Sem o saber, fez ali Jimmy, com incrível engenho, um grande prodígio, ao lograr ver potencial em alguns colegas de classe, mas não em mais do que quantos precisava, é claro, para tomar por amigos. Sua loucura tinha por certo que se tratava de todo o potencial que ali se podia enxergar, mas Jimmy Galla certamente encontraria lá, caso fosse preciso, muito mais potencial do que sua loucura acreditava por lá haver.

Capítulo 18

Que trata de um grande amigo de Jimmy Galla, que é Tobby Trobogan.

Ora, há no mundo, hoje em dia, muitos garotos da classe média incapazes de interagir socialmente, que as pessoas simples confundem com nerds. Se se contasse que Tobby Trobogan era um desses garotos, este seria o livro mais ridículo de toda a época de hoje em dia. Ao Jimmy Galla tomá-lo por amigo, deu-lhe uma condição muito mais elevada, tão certo quanto a condição dos nerds é muito mais elevada à dos atuais garotos introvertidos da classe média, que, ao contrário do que um dia aconteceu aos nerds, não são excluídos em razão do genuíno sentimento que têm pelo estudo e pelas artes.

Ademais, os pobres garotos de hoje não granjearam e jamais granjearão, obviamente, qualquer conquista semelhante àquelas dos nerds, os quais, ao longo de toda a década de oitenta, prevaleceram sobre os jogadores de futebol americano. Os que prevalecem hoje em dia são os garotos desprovidos de estilo e carisma, os quais, mesmo em todo um ano letivo, não conseguem dizer qualquer coisa perspicaz. Comparados a esses garotos, mesmo os jogadores de futebol americano têm uma maravilhosa e elevada condição.

Há que se fazer justiça, ainda, contando dos óculos, da magreza e dos gestos afetados de Tobby Trobogan. De fato, tinha Trobogan umas maneiras afetadas, a tal ponto que parecia ter chiliques ou os tinha. Embora alguns pensem o contrário, esse comportamento de Tobby não era um devaneio de Jimmy Galla. Na verdade, era o potencial que Jimmy, com muita percepção, encontrara em Tobby Trobogan. E erra quem pensar que Tobby não tinha amigos, porque, ora, ele era um grande amigo de Jimmy Galla. Além disso, tinha Trobogan nos estudos outro amigo, de forma que estudava por amizade e não para o vestibular. Justo assim Jimmy Galla desejava que fosse, uma vez que, de outra guisa se comportasse Tobby, não haveria ocasião para fazer pilhéria do seu modo de proceder nos estudos, coisa que Jimmy não se furtará a fazer. É certo que, realmente, muitos gracejos de bom gosto fez Jimmy Galla com Tobby Trobogan e que não se desespere quem estiver ansioso por conhecê-los, pois em boa hora serão contados esses gracejos típicos dos anos oitenta, em que Tobby foi dado por tolo. Tanto isso é verdade quanto é mentira se falarem que Tobby Trobogan não amava aquela antiga série de televisão chamada "Guerra dos Várs".

Capítulo 19

Em que se conta quem era Cindy Covarrubias e já se emenda a história de Joe, tudo de uma vez.

A amizade de Tobby Trobogan já conquistada, a duras penas, é verdade, mas conquistada, conte-se agora quais foram as delicadezas das quais Jimmy Galla lançou mão para se tornar amigo de Cindy e de Joe: olhou para uma garota e deu por Cindy, depois olhou para um rapaz e deu por Joe.

Em Cindy, Jimmy Galla esperava sempre encontrar uma amiga idônea, que o viesse a consolar das desilusões amorosas as quais provocava por conta própria a si mesmo ou pelas quais fingia estar passando. Também era incumbência dela estar vinte e quatro horas por dia apaixonada secretamente por Jimmy e tentar despertar nele um interesse maior pelo estudo, porque isso não faria Tobby, que desejava apenas a si mesmo todo interesse pelos estudos.

Cindy fora a única garota a entrar na casa da árvore de Jimmy. O amor dela por ele vinha desde aqueles dias de ingenuidade e brincadeiras, quando os dois, lá, liam gibis juntos. Depois, andavam de bicicleta pela vizinhança, algumas vezes indo longe demais, até a casa do velho irlandês maluco, em cujo jardim não se podia acreditar que fosse possível se encerrar tanta quinquilharia. Os dois já sabiam que, de noite, ao voltarem para casa, apanhariam dos pais e que, mesmo assim, fariam tudo de volta no dia seguinte. Chegando para ambos a adolescência, no entanto, as brincadeiras teriam acabado, embora os sentimentos de Cindy continuassem inalterados.

Jimmy Galla facilmente faria de conta que nada sabia a respeito desses sentimentos, muito embora os tivesse inventado. Acontece, porém, que Cindy realmente não tinha sentimento algum e não era a menina doce que imaginava, tal como se verá. Não que Jimmy Galla tivesse errado na escolha da garota, porque tal coisa seria um absurdo. O caso é que, tal como todos sabem, aquelas melhores amigas eternamente apaixonadas, que eram muitas nos anos oitenta, começaram a rarear na década seguinte e acabaram extintas na época de agora, que é o tempo dos dias de hoje, também chamado de hoje em dia.

Joe e Jimmy, a despeito de estarem se olhando pela primeira vez naquele dia, também passaram juntos a infância. Jimmy Galla lembrava, muito bem, que os dois haviam se tornado grandes amigos na terceira série. Recordava, certamente, as ocasiões em que Joe aparecia de repente na casa da árvore com uma mochila, de dentro da qual qualquer coisa poderia sair. Algumas vezes saía um sapo, enquanto em outras saía um par deles. Houve casos em que saiu uma revista pornográfica ou um maço de cigarros. Também aconteceu de sair coisa ainda pior, mas o que foi não se contará. O fato é que, para Jimmy Galla, Joe precisava mesmo ter um espírito licencioso e transgressor, porque havia visto garotos dessa espécie nos filmes de adolescentes e gostaria muito de ter um amigo assim. Para sorte de Jimmy Galla, ainda nos dias de agora não falta criança ou adolescente que assim seja, de modo que, acertadamente, Joe era deveras um tanto libertino, desregrado e leviano. Além disso, tinha gosto por carros, tal como se contará. Assim, pode-se dizer que, na escolha de Joe, Jimmy Galla teve outro sucesso: soube escolher quem gostasse de automóveis, mulheres e coisas más.

Capítulo 20

Que conta como se iniciou a aula de literatura que teve Jimmy Galla.

Tal foi o modo com que Jimmy Galla entrou em sua sala, que Ana permaneceu ao seu lado à porta e muitos adolescentes o fitaram com assombro. Jimmy então foi consciencioso ao escolher suas amizades, de acordo com o que já foi narrado.

E, aconteceu que, nessa atividade de determinar amigos, levara Jimmy poucos minutos, de tal maneira que, ao terminar o que fazia, começava a segunda aula. Impaciente com seus amigos, que tardavam a vir saudá-lo, inquietou-se Jimmy Galla e foi logo falar com Tobby Trobogan.

— Ei, Tobby! — falou-lhe Jimmy Galla, chegando-se próximo a ele. — Quantos alienígenas você matou nas férias?

As férias já haviam acabado há algum tempo e Tobby, de qualquer forma, nada respondeu, pois não poderia imaginar que alguém no mundo o tinha por Tobby Trobogan, nem se permanecesse dez anos apenas imaginando coisas, como fizeram alguns ao longo dos dez anos da década de oitenta, a qual, na verdade, teve mais que dez anos, o que se explicará mais tarde. Tampouco qualquer outro julgou ser Trobogan, nem ninguém riu aos berros, muito embora a ocasião fosse para tanto. Jimmy Galla, ao assentar-se na cadeira vazia, fez então saber a Tobby Trobogan quem ele era. Ana foi e assentou-se também, quase certa da loucura de Jimmy.

— Quantos foram os que você matou? — insistiu Jimmy sorrindo, dessa vez, olhando fixamente para Trobogan.

Tobby era de se embaraçar facilmente, principalmente com estranhos. Inquieto, ele baixou a cabeça, olhando para Jimmy com o canto dos olhos. Jimmy Galla, por sua vez, não se furtaria a provocar ainda maior constrangimento a Tobby, cujos colegas já começavam a achar graça na situação. Deu-se, contudo, que entrou na sala a Professora de Literatura, e Jimmy preferiu vê-la assim fazer a continuar aborrecendo o Tobby, o qual certamente teria se encomendado aos céus em gratidão, fosse ele de fazer tais coisas.

Realmente, tudo a um só tempo, tão logo a professora entrou, Jimmy Galla esqueceu-se completamente de todos os estorvos que pretendia impor sobre o amigo Tobby Trobogan, porque sentiu estar a ponto de ter uma ideia das mais graciosas e desequilibradas, que tinha que ver com sentimentos muito exaltados, nos quais precisava pensar com cautela.

Sem sequer imaginar o que se passava na cabeça de Jimmy Galla, ainda mais que ela nem o conhecia ainda, a mestra deixou suas coisas sobre a sua mesa e foi até o centro do tablado, a fim de começar sua aula. Tinha seus trinta e tantos anos, os quais, há que se contar, pareciam beirar muito mais os quarenta do que os vinte. Ostentava cabelos longos e volumosos, os quais Jimmy Galla achou de muito bom gosto, e uma boa estatura. Diga-se que ela até esboçava certa beleza. Quando jovem poderia ter sido bastante formosa, conforme imaginavam muitos.

Parecia ela, no entanto, hesitar em cada movimento, o que tirava quase toda a elegância de suas maneiras. Quando conversava com os colegas de profissão, nunca deixava de ser gentil, mas sorria com certa insegurança, e, nas aulas, jamais se impunha sobre os alunos, deixando que eles fizessem como lhes aprouvesse. Ali, tentando começar sua aula, sua voz sumia no meio da algazarra. Tudo o que fazia, entretanto, era aborrecer-se um pouco, ajeitar os óculos e continuar falando. Jimmy estava tentando ouvi-la e, não conseguindo, impacientou-se com seus colegas. Não seria necessário contar que, tão logo se aborreceu por completo, não tardou a exaltar-se. Ao fazê-lo, levantou e esbravejou deste modo:

— Por mil novecentos e oitenta e seis demônios! Calem a boca e ouçam a Professora.

A sala toda logo silenciou e Jimmy Galla voltou a sentar-se. Só agora a Professora de Literatura notava a presença de Jimmy. Assustou-se muito mais com seu comportamento do que com sua aparência, pois na vida tivera muitas vezes visto gente espancada e vestida com roupas imundas e asquerosas, mas não conhecera até ali alguém que se sensibilizasse com sua incapacidade de reprimir a indisciplina dos seus alunos. Muito tocada, ela agradeceu a Jimmy, que a olhava fundo nos olhos.

— Não foi nada, Professora — respondeu Jimmy Galla, galantemente. — A senhora pode começar sua aula agora.

Ela tão confusa estava, que esqueceu-se de perguntar o nome do seu benfeitor, de lhe desejar boas-vindas em nome do colégio e de se apresentar. Apenas começou sua aula.

— Bom dia, turma — falou. — Página oitenta e seis. Hoje nós vamos começar a estudar o Romantismo.

Capítulo 21

Em que prossegue a aula de Literatura da Professora de Literatura.

Iniciando de fato a aula, a Professora de Literatura falou nestes termos:

— Antes de estudarmos o Romantismo em si, no entanto, precisamos lembrar como foi o século dezoito.

Assim foi a Professora e discorreu com elegância sobre o Iluminismo e a ascensão da burguesia, descrevendo com perfeição o contexto histórico daquela época. Ninguém ousou interrompê-la, por medo de Jimmy, que acabara de ter a ideia estupenda a qual estivera procurando.

Lembrou-se Jimmy Galla, a saber, de Berry Minpel e suas obras. Até ali uma delas ele já havia imitado ou tentado imitar. Trata-se da cena do espancamento, em que julgou estar duelando com Burt Rebély e acabou ainda pior do que ele. Agora, olhando bem para a Professora de Literatura, não conseguia evitar pensar que ela era a Senhorita Feimer e sequer podia imaginar que não tinha as mesmas razões de Berry para fazer o que ele fez, em plena sala de aula, com sua professora, a qual, coincidência ou não, também ensinava literatura.*

— A livre manifestação dos sentimentos — continuou a Professora — era uma das principais características do Romantismo.

Jimmy Galla entendeu, com isso, que estava recebendo uma mensagem particular, haja vista todos os devaneios em que estava absorto. Sentindo-se encorajado, levantou-se.

* Three O'clock High, 1987.

— Professora, acredito que a turma não compreendeu o sentido de "livre manifestação dos sentimentos".

— O que você quer dizer? — perguntou-lhe surpresa.

— Quero dizer que acho que ninguém entendeu.

A turma não corroborou nem contradisse Jimmy.

— Eu já mostrarei — prosseguiu a Professora de Literatura — alguns exemplos de textos em que se verifica a livre manifestação dos sentimentos. São bons exemplos.

— Professora... — Interrompeu outra vez, Jimmy Galla — posso eu mesmo dar um exemplo bom?

A Senhorita Feimer não era de perder a paciência e, tanto assim é, que não a perdeu. Ao contrário, respondeu docemente que gostariam, ela e a turma, de vê-lo dar um exemplo.

— Pois muito bem — disse Jimmy Galla, virando-se para os colegas. — Aqui vai um ótimo exemplo de livre manifestação dos sentimentos.

E, enquanto terminava de dizer tudo quanto disse, Jimmy deu alguns passos para trás, muito vagarosamente, aproximando-se da Professora de Literatura.

Capítulo 22

ONDE SE RELATA A MAIS FANTÁSTICA E MARAVILHOSA IMITAÇÃO REALIZADA POR JIMMY GALLA, A RESPEITO DA QUAL MUITO SE FALA E MUITO SE DISCUTE.

Ora, Jimmy Galla não tinha motivo algum para fazer o que se contará, mas, a fim de cristalizar a ideia, sua loucura chegou até mesmo a dizer-lhe isto:

— Vá em frente! Tem um valentão esperando para te espancar às quinze horas e quarenta minutos. Você não quer ser espancado por esse valentão maldito, quer?

Jimmy Galla sorriu para Tobby, Cindy, Joe e, finalmente, para a Professora.

— Pois este — disse — é um bom exemplo de livre manifestação dos sentimentos.

E, ao terminar de dizer isso, aproximou sua boca ao da Senhorita Feimer e beijou-a.

Os colegas de Jimmy julgaram ter visto uma assombração, não de modo diferente àquele com o qual os colegas de Berry Minpel também julgaram ver coisas*, quando uma situação similar se lhes desenhou à frente. Tampouco deverá existir outro tipo de reação a tal assombro. Porém, enquanto a incredulidade prevaleceu entre os alunos, o sentimento de revolta prevaleceu no espírito da pobre Professora, cuja primeira reação foi cuspir.

— O que é isso? — perguntou ela, indignada, ao galante Jimmy Galla.

* Three O'clock High, 1987.

— Ora, é um exemplo, minha Professora, de livre manifestação dos sentimentos.

— Você é louco! Dá arrepios a maneira com que fala "minha".

Embora tivessem já alguns tomado Jimmy por doido, aquela era a primeira vez, das muitas que estão por vir, em que alguém lhe confessava não acreditar ser ele são. Jimmy Galla reagiu bem e a alusão à sua demência nada o abalou, porque sua insanidade era muito engenhosa. Aliás, tanto era, que, estudando a situação, foi a Jimmy com outra ideia ainda mais magnífica.

— Jimmy Galla, olha o que tenho para você! — disse-lhe, entregando-o um bilhete. — Já que sua Professora gostou tanto da maneira com que você fala "minha", recite-lhe esta poesia que acabei de fazer, a qual vem muito a propósito.

Os dois, Jimmy Galla e sua loucura, trocaram mesuras e Jimmy leu a poesia. Gostou muito dela e resolveu fazer como ele mesmo sugeria, visto que sua loucura era ele próprio.

— Eu também tenho — falou docemente — uma poesia para a Professora.

A turma deu um uivo de surpresa. Até mesmo Tobby, dedicado aos estudos como era, já se esquecera que estava em aula e via com curiosa atenção o que se passava, tentando imaginar o que se faria de tudo aquilo. Joe dizia de si para si: "que comédia". Já a Professora de Literatura, desconcertada, pediu a Jimmy que saísse da sala.

— Sairei, sim, querida Professora — Jimmy respondeu —, e com muito gosto irei direto à sala do diretor, para que eu seja devidamente punido por minha ousadia, mas antes, por favor, ouça a poesia que fiz para a senhora. Afinal, é uma poesia romântica e vem muito a propósito no contexto da aula.

Jimmy Galla já sabia que, embora estivesse furiosa e franzisse o rosto, a Senhorita Feimer era muito sensível. Realmente, no íntimo, ela se enternecera com a ideia da poesia, arte pela qual tinha gosto particular e cujo valor lhe era superior ao de um mero objeto de estudo.

— Recite então sua poesia e saia da sala — respondeu ela, em um tom que já não era tão áspero.

— Obrigado, Professora. Cá está.

Recitou então, Jimmy, os seguintes versos:

Oh, minha Professora!
Deus de tal forma as coisas encaminha,
Que apenas assim posso chamá-la minha,
Pois apenas assim realmente fora.

A mestra paralisou e Jimmy Galla, sem dizer ou fazer mais nada, saiu da sala.

Capítulo 23

DAS RAZÕES QUE PASSOU JIMMY GALLA COM SUA LOUCURA.

O que sentia Jimmy por sua professora ninguém saberá ou contará. É conhecido que tencionava Jimmy Galla imitar Berry nas atitudes, mas, no que toca aos sentimentos, provavelmente tivesse feito de modo diferente. Isso porque Berry, atolado nas complicações em que se metera, decidira tomar a resolução extrema do beijo somente porque ansiava estar fora da sala, longe da qual teria maiores chances de reverter sua desgraçada situação[*], ao passo que Jimmy Galla não tinha, quando fez o que fez, problema algum para resolver e assunto nenhum para tratar fora da sala de aula, e mais queria estar dentro dela do que em qualquer outro lugar. Assim, quando saiu ao corredor, tentou novamente imaginar por quais razões o fazia, se não eram pelas mesmas de Berry Minpel. O intelecto desvairado de Jimmy Galla, notando nele as indagações, ordenou-lhe logo que ficasse descansado e não imaginasse coisas, porque trataria de achar as razões.

— De mais a mais — ajuntou ela, a loucura —, você deve agora se preocupar com a entrevista que em instantes terá com o Senhor Costello, em cuja sala você prometeu se apresentar.

Jimmy Galla, ao lembrar-se do diretor, convenceu-se de que, cheio ou não de razões para beijar sua professora, fizera bem, porque sentia agora o triunfo de sua coragem. Ser mandado ao Senhor Costello, em suas concepções, era prova de que reconheciam o tamanho da besteira que fizera. Jimmy Galla sentiu-se grato pelo reconhecimento e seguiu garboso para a sala do diretor.

---

* Three O'clock High, 1987.

Aconteceu, todavia, que Jimmy, pouco sabendo qual sala era qual, tornou a entrar no almoxarifado, onde esteve outra vez a ponto de imaginar o inimaginável e onde debateu com sua loucura. Depois que entraram novamente em consenso nos principais tópicos que ali surgiram, dentre os quais a profissão do escovão tinha célebre destaque, saíram do depósito conversando amistosamente.

— Jimmy — disse-lhe a demência —, sabe você por que beijou a Professora de Literatura?

— Sim. Beijei-a porque minha fama pede que eu faça tais coisas e porque todos esperam de mim semelhante comportamento. Além disso, fiz porque senti o impulso de fazer.

— Exato, Jimmy. A principal razão, contudo, é: estamos nos anos oitenta. O romantismo comportado não está mais na moda.

— Muito bem dito. E fiz também porque vi fazerem igual em um ótimo filme, que foi lançado não faz muito tempo.

— Sei qual filme é. Sem dúvida, trata-se de um ótimo filme. Você fez bem.

— Obrigado.

— Por nada. Agora vá ter com o Senhor Costello. Você se sairá bem na entrevista, tenho certeza.

— Você acha?

— Acho. Ademais, se você não achar nada engraçado para falar, eu mesmo falo.

Enquanto conversavam essas coisas, esteve Jimmy Galla andando ao longo do corredor algum tempo, à procura da sala do Diretor Costello. Como alguma hora tivesse ele que achar, achou-a.

— Dará tudo certo — encorajou sua loucura, que tinha planos engraçadíssimos para a ocasião.

E lá foi Jimmy Galla encarar o Senhor Costello.

Capítulo 24

No qual ninguém acredita.

Ora, enquanto no almoxarifado Jimmy Galla arrazoava consigo mesmo e, no corredor, conversava com as paredes, dentro da sala de aula haveria de ter acontecido qualquer coisa. Dessa forma, houve que aconteceu.

A Professora de Literatura, pensando na maravilhosa poesia que Jimmy Galla lhe recitara, sentou-se incrédula em sua cadeira. O olhar distante, parecia não ter condições de continuar sua aula.

— Como se chama aquele garoto? — perguntou ela à turma, ocorrendo-lhe que se esquecera de perguntar ao próprio Jimmy. — Esqueci de perguntar a ele.

Como apenas um aluno soubesse, ou melhor, uma aluna, apenas ela respondeu:

— Ele diz que se chama Jimmy Galla, Professora — respondeu-lhe Ana.

Quem riu o fez discretamente, porque a situação não permitia exageros, embora os recomendasse.

— Jimmy Galla — repetiu a Professora, parecendo achar no ar, voando sobre os alunos, qualquer coisa maravilhosa e digna de admiração, que apenas ela conseguia enxergar.

Com os olhos brilhando, esteve alguns segundos desfrutando em silêncio da beleza do que julgava poder ver, até que um pensamento ruim pareceu lhe ocorrer e seu semblante se transfigurou.

— Não! — gritou ela.

E, levantando imediatamente, correu até à porta. Abrindo-a, procurou por qualquer pessoa no corredor e achou Jimmy Galla prestes a entrar na sala do diretor.

— Jimmy! — chamou ela —, não entre.

Jimmy Galla, virando-se, deteve-se a tempo de não entrar na sala do Diretor, em que pesou ao desejo de sua loucura, que é a de Jimmy Galla e não a do Senhor Costello. Perspicaz como ela é, no entanto, viu mais tarde que foi um bom negócio, tal qual se verá.

Capítulo 25

Da Professora de Literatura, que Jimmy Galla dava por Senhorita Feimer.

Quem ouvisse a Professora de Literatura discursar sobre os encontros à luz da lua, as trocas de anéis valiosíssimos, os jovens enamorados que andavam ansiosos pelas ruas de Paris, os juramentos que tinham o céu por testemunha, os poetas, os trovadores, os cavaleiros, os duelos em que, quando amavam a mesma dama, estes se batiam, as damas que desfaleciam ao som do nome do amado e tudo mais quanto se pode encontrar de gracioso nos livros românticos, quem ouvisse a Professora discursar sobre tais coisas, como se dizia, juraria que a mulher fizera de sua vida uma verdadeira história romanesca.

Ora, da mesma maneira que muitos, nos tempos do Romantismo, convocaram o céu por testemunha e, perante o sagrado, juraram que fariam qualquer coisa impossível de se fazer, quem empenhou sua palavra aos céus, crente de que a Professora de Literatura falava por experiência tudo quanto dizia, perdeu a salvação da alma.

A pobre mulher, conhecedora e entusiasta dos romances da literatura, jamais fora feliz no amor ou na paixão. Estivera já casada, é verdade, mas não amara. Falava com eloquência sobre as coisas do amor para esconder de si mesma a frustração que sentia. Conta-se até que ela se pôs a chorar certa vez em que lia um livro de emoções exaltadas e encontrara nas últimas linhas de um capítulo estas palavras, quando tinha já uma aliança em um dos dedos: "E procurava saber qual era, afinal, o significado certo, nesta vida, das palavras 'felicidade', 'paixão' e 'embriaguez', que nos livros pareciam tão belas."*. Naquele trecho, ela sentiu ler a sua própria vida.

Outro dia, porém, quando já era separada e não tinha esperança alguma no amor, apareceu-lhe um jovem cavalheiro de refinadas maneiras e recitou-lhe uma bela poesia, declarando seus sentimentos. O cavalheiro era Jimmy Galla, tal como já se contou. A Professora o tomou por mosqueteiro valente, poderoso conde, leal cavaleiro andante, amante das artes e frequentador da corte, tudo de uma vez, porque, pela primeira vez na vida, imaginava sentir saber o significado das palavras que encontrara entre aspas no final daquele triste capítulo. Tampouco tinham antes lhe recitado poesia com semelhante beleza ou sequer uma poesia ruim. *Quão linda poesia era*, pensava, tanto mais quanto fora feita especialmente para ela. Relia várias vezes em sua imaginação:

Oh! Minha Professora!
Deus de tal forma as coisas encaminha,
Que apenas assim posso chamá-la minha,
Pois apenas assim realmente fora.

— Oh, meu Jimmy Galla! — sussurrava a Professora. — Rezarei para que Deus encaminhe as coisas de outra forma, a fim de que possa você me chamar de sua do mesmo modo que o chamei de meu agora.

* *Madame Bovary*, de Gustave Flaubert

Capítulo 26

Que conta como se encerrou o primeiro dia letivo de Jimmy Galla.

Arrependida de não ter imediatamente correspondido aos sentimentos de Jimmy, a Professora correu para salvá-lo do Senhor Costello e, em tempo, impediu-o de entrar na sala do diretor. Jimmy Galla, que começava a gostar da ideia de rir da cara do Senhor Costello logo no primeiro dia de aula, irritou-se um tanto ao ver que seria reintegrado à turma sem antes sofrer qualquer punição, mas acabou observando que, afinal, tanto fazia estar numa ou noutra sala, porque ambas ofereciam ensejo para fazer coisas dos anos oitenta. Ademais, Jimmy Galla não tardaria, caso o desejasse, a fazer outra das dele, de tal modo que da sala de aula para a sala do Diretor Costello seria um passo. Com essa certeza de achar as portas da casa do diretor sempre abertas, foi Jimmy tranquilo e, à ordem da Professora de Literatura, seguiu para uma carteira vaga, ao lado direito de Joe e ao esquerdo de Cindy.

— Vou te dar uma chance no seu primeiro dia de aula — disse irritada a Professora, valendo-se das aulas de teatro que tomara quando jovem. — Tome jeito.

Depois, quando tencionando reiniciar sua aula, virou-se para o quadro, a fim de escrever nele o que, caso Jimmy Galla não tivesse feito o que fez, teria escrito antes, sorriu secretamente o sorriso mais genuíno que já foi capaz de sorrir. Jimmy, no mesmo instante, também sorriu, porque algo lhe dizia, de algum modo, que alguma coisa das mais engraçadas acontecera enquanto estivera fora.

O resto da turma, que não se espantou tanto com a atitude flexível de sua Professora de Literatura, haja vista que sabia ser ela bastante clemente, acabou também se recompondo, com o reinício da aula, do assombro oscular. De mais a mais, os alunos se importam, hoje em dia, com o vestibular. Portanto, conte-se que a Professora de Literatura foi adiante com sua aula e a levou até o fim com uma eloquência muito maravilhosa, sem jamais ser interrompida. Encerrada a aula, terminou de dizer o que sua profissão exigia e, lançando a Jimmy Galla um olhar daqueles que não iludem ninguém, saiu. Jimmy estivera em silêncio no decurso da aula, apenas observando as maneiras de sua Professora, que era sua tanto quanto sua poesia dizia ser, pelo menos até aquele momento.

Quando a turma se viu sem professor, começou aquela algazarra generalizada, a qual, tal como se contou, a pedagoga do colégio incentivava. Jimmy aproveitou a ocasião para falar com Joe e Cindy, que estavam ao seu lado. Na verdade, o próprio Joe falou com Jimmy primeiro, nestes termos:

— Cara, você vacilou feio. Que vacilada, cara, que vacilada...

— Que nada! — Jimmy respondeu. — Você viu que não me aconteceu nada. Ela está gamada em mim, não percebeu?

Joe e Cindy riram.

— Além disso, Joe — continuou Jimmy Galla —, trata-se do nosso último ano no segundo grau. Vou aproveitar todas as chances que tiver de fazer as coisas que eu quero. Terminado o segundo grau, nossas vidas acabarão.

— Cara, não é bem assim — falou Joe. — A vida segue em frente, mas, cara, é verdade, isso aqui não volta mais. Joe? Tá aí, eu gostei.

Assim passou Jimmy as três aulas seguintes, algumas vezes conversando com Joe e outras vezes com Ana, porque lembrara que precisava decidir se estava ou não apaixonado por ela. Também tentou conversar com Cindy e com Tobby, mas estes dois pareciam menos inclinados a conversar. Ao final das aulas, de qualquer modo, cumprimentou todos e foi embora para casa, sem encontrar novamente a Professora de Literatura, que estava tomada por pensamentos os quais a arte das palavras não podia explicar, se é que essa arte pode explicar que quer que seja.

Seja como for, é claro que Jimmy Galla, em casa, pôs para funcionar a sua demência e avaliou as coisas que fez e as coisas que tencionava fazer, enquanto se dedicava às músicas, aos filmes e tudo mais quanto era dos anos oitenta. Nessas atividades passou o resto do dia e, à noite, foi dormir.

PARTE 2

Do segundo dia de Jimmy Galla

Capítulo 1

Que trata de coisas que aconteceram a Jimmy Galla na sétima série.

Em 1983, recordava-se Jimmy Galla, o Ítalo Disco se tornava a música mais popular de que já se teve notícia. Pela primeira vez, desde o século dezoito, ninguém mais na Itália se importava com a ópera, pois surgia aquela música que não continha nada de erudição e monotonia, mas apenas diversão. Aliás, mesmo depois de encerrada a coqueluche do Ítalo Disco, ninguém mais tornou a ouvir as monótonas melodias da ópera, as quais não eram feitas em sintetizadores e, por esse motivo, causavam nojo nas pessoas. Nesse ano de 1983, em que aconteceram no mundo tantas mudanças, é claro que no coração de Jimmy Galla também haveria de acontecer alguma, tanto que aconteceram oitenta e três.

Ora, 1983, no ano em que Jimmy Galla cursou a sétima série, ele ganhou uma vizinha nova. É escusado contar que a garota era muito linda, tinha a mesma idade de Jimmy e viera de Nova Iorque, onde havia deixado todos os amigos, de tal modo que andava por aí sempre sozinha e triste, sofrendo tanto quanto as mudanças radicais fazem sofrer, ou ainda mais, levando-se em conta que ela era só uma garotinha. Jimmy Galla, que era só um garotinho, pensou várias vezes, na primeira semana, em inventar qualquer razão para visitá-la, mas, se de um lado Joe insistia para que fosse, do outro a timidez o impedia de ir. Cindy, por sua vez, dava o máximo de si para mostrar indiferença sobre o assunto, mas, no íntimo de seu espírito, pedia aos céus para que Jimmy estivesse longe de qualquer garota que não fosse ela própria. De qualquer maneira, ao cabo de duas semanas, a mãe de Jimmy Galla foi falar-lhe.

— Escute Jimmy — chamou-lhe —, por que você não vai visitar a nova vizinha? Ela parece tão tristinha. A pobrezinha deixou todos os amigos em Nova Iorque e deve se sentir sozinha. Aposto que ela vai gostar se você for até lá dizer um oi. E aposto também que você a acha bonita.

— Nem reparei muito nela — respondeu Jimmy Galla, mentindo como mente um garoto de sétima série —, mas tudo bem. Nem tenho muito que fazer mesmo. Vou até lá então.

Jimmy se inebriou com a sugestão de tal forma, que nem discutiu quando a mãe, em seguida, disse-lhe para levar à menina o pedaço de bolo que estava sobre a mesa. Estivesse são, logo lhe ocorreria que um pedaço de bolo é o pior presente que se pode dar a uma garota. Com o motivo que tanto desejava para fazer a visita, seja como for, foi Jimmy Galla, com bolo e tudo, bater na porta da casa ao lado, perante a qual várias vezes hesitou, sentindo pela primeira vez aquele frio na barriga, que na época ainda não era chamado gélis. E tão intenso era, que chegou mesmo a falar consigo:

— O que estou fazendo aqui? Eu sou um idiota!

Tentou uma última vez aproximar-se da porta, mas, ao levantar a mão para dar nela umas pancadas, percebeu que tremia de tal modo, que parecia que ia urinar-se todo. Crente de que fazia uma bobagem, virou-se decidido a voltar logo para casa e, ao fazê-lo, disse a si mesmo, indignado:

— Eu vou embora daqui, sou o maior bobalhão de todo o bairro!

Ao que ele ouviu alguém responder:

— Que nada, já vi que há outros bobalhões por aqui bem maiores.

Jimmy Galla virou-se assustado e, ao ver que a sua nova vizinha havia aberto a porta e ouvido o que ele dissera, estacou onde estava, suando.

— Oi! — disse. — Achei que não tivesse ninguém...

— Oi! — respondeu a garota, com um sorriso sem igual, o qual Jimmy Galla não podia acreditar que pudesse ser tão encantador.

— Quem está aí, Samantha? — gritou de dentro da casa a mãe da menina.

— É um amigo meu, mamãe.

Jimmy Galla, ao ouvir que já havia entre eles uma amizade, conseguiu finalmente retribuir o sorriso.

— Que amigo seu? — questionou a mulher, oculta em algum cômodo da casa. — Você já tem amigos aqui?

— Ora, Mamãe, sim, já tenho.

A voz misteriosa silenciou e Jimmy aproveitou a ocasião para um galanteio tímido, porque naquela época, como já se viu, ainda restava em Jimmy Galla um bom tanto de timidez.

— Que bom, Samantha — falou-lhe —, que já sou seu amigo!

As duas crianças riram tão genuinamente quanto uma Professora de Literatura riria alguns anos depois. E, tão certo quanto eram verdadeiros os sorrisos de Jimmy Galla e Samantha, Cindy Covarrubias estava naquele instante em seu quarto chorando desesperadamente, sem nem ao menos, na verdade, saber o que se passava. O brilho nos olhos de Jimmy Galla quando a nova vizinha se tornava o assunto já era o motivo que precisava para desabar em lágrimas abraçada ao seu travesseiro. Tivesse Cindy visto o que se passou àquela hora entre Jimmy e Samantha, não se sabe o que teria acontecido. De uma forma ou de outra, Jimmy Galla continuou:

— Você se chama mesmo Samantha, não é?

— Sim, e você, qual é o seu nome? Você não é o garoto que mora ao lado?

— Sou, eu moro mesmo ali na casa ao lado. O meu nome é Jimmy.

Houve entre eles o silêncio das crianças. Jimmy Galla, na época pouco espirituoso, não se desembaraçava de silêncios com facilidade, mas, enfim lembrou-se do bolo.

— Olha! Trouxe para você este pedaço de bolo! — disse logo, temendo ficar qualquer segundo a mais sem dizer algo. — Este pedaço de bolo? Que idiota!

Jimmy Galla, enquanto falava, percebera como tinha deixado sua mãe convencê-lo da absurda ideia do bolo. Ia já dizer a Samantha que havia sido tudo ideia de sua mãe, quando a garota à sua frente o fez mudar de ideia ao dizer:

— Um pedaço de bolo! Ótimo! Eu estava mesmo com fome! Mamãe — gritou ela na direção do quarto da mãe —, posso ir comer um pedaço de bolo com o meu amigo lá perto do balanço?

— Você já fez o dever de casa? — interrogou a voz misteriosa.

— Já.

— Pois então vá.

— Obrigada, mamãe!

Capítulo 2

EM QUE PROSSEGUE O RELATO DAS COISAS QUE ACONTECERAM A JIMMY GALLA QUANDO ELE AINDA ESTAVA NA SÉTIMA SÉRIE.

Tudo o que se contou até aqui é verdade, e é verdade que Jimmy Galla continuou desta forma a conversa que levavam:

— Então você veio de Nova Iorque? — perguntou a Samantha, que comia o pedaço de bolo sentada no balanço de pneu e acelerou o ritmo das mastigadas para poder responder de boca vazia.

— É. Eu nasci e cresci lá.

Fosse Jimmy Galla tão agudo de espírito em 1983 quanto era em 1986, teria dito que logo soube, pela maneira educada de não falar de boca cheia, que não poderia ter ela nascido e crescido em outro lugar. Em 1983, contentou-se em seguir o rumo da conversa.

— E você está gostando daqui?

— Ah, Jimmy, tenho saudades de lá. Deixei lá todos os meus amigos, mas aqui, pelo menos, as pessoas não precisam morar em apartamentos. Meu pai me disse que posso até ter um cachorro se eu quiser! Nunca em Nova Iorque eu pude ter um cachorro.

— Então vai comprar um cachorro?

— Acho que vou.

Jimmy pensou em perguntar a Samantha se ela já caminhara no Central Park, mas não tinha certeza se era mesmo em Nova York que o famoso parque se encontrava. É claro que se negou a arriscar falar uma bobagem à frente da garota por quem se apaixonava mais e mais a cada minuto. Samantha, por sua vez, teria certamente respondido que via o Central Park quase só nos filmes, muito embora o parque estivesse lá em Nova Iorque, porque passava muito mais tempo no apartamento do que em qualquer outro lugar.

— E por que vocês se mudaram? — Jimmy perguntou a ela.

— Meu pai recebeu uma ótima proposta de emprego daqui.

— Ah, sim.

Jimmy semicerrou os olhos e pareceu olhar para um lugar distante.

— Sabe — disse ele, em tom afetado —, eu gostaria de ir morar em Los Angeles.

— Por quê? Você quer ser ator?

— Não, só queria ter lá um emprego de entregador de pizza.

— Você está falando sério? — perguntou ela, rindo.

— É, eu não sei.

Esse e outros tipos de bobagem foram assuntos da ótima conversa que tiveram, na qual passaram a tarde toda. Jimmy se encantou com a graciosa displicência com que ela se balançava enquanto falava e Samantha se encantou com qualquer coisa em Jimmy Galla, que apenas ela poderia dizer o que foi. Tanto tudo isso é verdade que, no dia seguinte, a pedido dela, os dois estavam juntos andando de patins.

Até aquele dia, ora, Jimmy Galla só havia andado de patins com a Cindy. Que ninguém imagine o que aconteceu quando ela, ao abrir a cortina do quarto, viu os dois passarem pela rua divertindo-se juntos.

Capítulo 3

Em que Jimmy Galla toma a si mesmo pelo Karatê Kinder.

A certa altura em que iam placidamente passeando de patins pela rua, Jimmy Galla e Samantha encontraram numa esquina um letreiro enorme, que convidava os transeuntes a aprender Karatê com o Bill. "Dojô do Bill", lia-se em cima. Em baixo, com letras menores, lia-se: "Aqui se ensina o Karatê americano". Ao contemplar a academia de artes marciais que ali havia se instalado, Jimmy Galla imediatamente sentiu seu espírito tornar-se o espírito de Damião Sen, o Karatê Kinder. Esquecendo-se completamente de Samantha, imaginou logo que até ali houvera sido espancado diversas vezes por todos os valentões do colégio e até pelos magricelas, o que aplacou seu furor e ódio, a tal ponto que jurou vingança contra todos eles. Depois, lendo com mais atenção a placa do dojô, pôs-se a pensar.

— Karatê americano... Que imbecil deve ser esse tal de Bill! — disse consigo, Jimmy Galla. — Se ele só anunciasse que ensina o Karatê, salvar-se-ia de dizer uma redundância medonha. Ora, quem não sabe que o Karatê é americano?

Foi assim Jimmy e, de qualquer forma, entrou para conversar com o mestre da academia. Este, que acabava de lançar por terra, com um violento soco nas costas, um de seus alunos, vendo chegar o novo cliente, correu para recebê-lo, mas não sem um pouco de sofreguidão. Beirava Bill seus quarenta e cinco anos, tinha uma barriga enorme e vestia uma bandana cuja estampa era a bandeira dos Estados Unidos.

— Olá, filho — disse o mestre. — Seja bem-vindos ao Dojô do Bill. Vejo que está bastante interessado em aprender o Karatê.

— Como sabe que estou assim tão interessado? — perguntou Jimmy Galla, assustado. — Eu ainda não disse nada.

— Você nada disse, mas seu olhar disse por você. Vejo ódio no seu olhar.

— Então você é mesmo um verdadeiro mestre de Karatê! Só os verdadeiros mestres de Karatê conhecem assim os pensamentos das pessoas pelos seus olhares. Aposto que consegue concentrar seu espírito a tal ponto que seja capaz de lutar de olhos vendados contra dez ninjas!

— Olhe, filho, com certeza eu lutaria, porque ainda me restariam os braços e as pernas. Eu socaria e chutaria ar, ninja, parede e tudo mais quanto estivesse à minha frente. Você acha por acaso que meu espírito me diria onde estão os ninjas?

— Certamente.

— Filho, eu ensino o Karatê americano. Sei tanto disso de concentrar espírito quanto de como amamentar uma criança. Se seu problema é espiritual, veio ao lugar errado, porque isso não é uma igreja. Só ensino como chutar bem forte, porque isso é tudo o que alguém precisa saber na América. Aliás, o Karatê americano é o verdadeiro Karatê. O falso Karatê, que não passa de arte, preza pela beleza e ineficiência de suas voadoras, mas o Karatê americano preconiza as voadoras violentas e sem estilo. O falso Karatê diz que o poder de um soco está no espírito, quando, na verdade, tal poder está na própria pancada em si. O Karatê da virtude é o Karatê do passado. O Karatê americano é o Karatê da vingança! Filho, vi o ódio no seu olhar. Você quer virtude ou quer vingança?

— Quero vingança!

— Quer estilo ou quer poder?

— Quero aprender as voadoras violentas e sem estilo!

O discurso loquaz do mestre tocara o coração de Jimmy Galla.

— Muito bem, filho — tornou Bill. — Você veio ao lugar certo! Agora acabemos com essa conversa, porque conversa é coisa do falso Karatê.

Quando todas essas coisas terminaram de ser ditas, surgiu de repente à porta da academia uma bisonha figura senil.

— Mestre Mijiro ouve dizerem blasfêmias sobre o Karatê! — Entrou exclamando o velho, tossindo entre uma sílaba e outra.

Tanto era enrugado o rosto do ancião, que não se podia notar nele os traços asiáticos, muito embora os tivesse, e tal foi o assombro de Jimmy Galla, que sentiu quase o mesmo pavor que seus colegas de classe sentiram quando o viram beijar a Professora de Literatura.

— Mestre Mijiro ouve menoscabarem a virtude, o estilo e a espiritualidade do Karatê — insistiu o ancião. — Quem, pois, blasfema dessa maneira? Sou Mestre Mijiro! Mestre Mijiro é mestre de Karatê há oitenta e seis anos!

— Escute, seu velho, aqui não há lugar para o falso Karatê — respondeu-lhe Bill, impassível. — Este é um santuário do Karatê americano.

— Falso Karatê? — Tornou incrédulo Mestre Mijiro, cujos joelhos pareciam querer desistir, a qualquer instante, de sustentá-lo. — Que os ancestrais o perdoem, porque Mestre Mijiro não o perdoará. E você, gafanhoto — disse a Jimmy —, use os olhos para ver qual é o Karatê mais verdadeiro.

Ao que Bill provocou deste modo, fazendo ainda vários gestos obscenos:

— Um velho fedido como você quer lutar comigo?

Mestre Mijiro, com extremo sofrimento, colocou-se na posição de luta do louva-deus, indicando positivamente que queria. Jimmy Galla colocou-se de lado, para ficar longe das faíscas que, imaginava, a luta haveria de soltar.

— Muito bem então, sua velharia — Bill encerrou.

Fechando o punho, deu um soco tão forte no estômago de Mestre Mijiro, que o ancião caiu ao chão já espumando pela boca e, contorcendo-se em convulsões, lá se deixou ficar.

— Tirem daqui esse lixo — ordenou Bill aos seus funcionários, enquanto olhava com desprezo para o velho. — Ele está atrapalhando a passagem.

Jimmy esteve observando com pavor as convulsões do moribundo e, quando uma ideia lhe acudiu, virou-se para o vencedor da luta.

— Mestre Bill, de onde, afinal, é o Karatê?

— Ora, filho, o Karatê é do Vietnã — respondeu Bill, imperturbável. — Certa vez, e digo-lhe porque estive lá, vi um daqueles malditos desviar com chutes a trajetória de tiros de rifle. Juro pelo exército dos Estados Unidos!

Quando Jimmy Galla olhou novamente para Mestre Mijiro, viu que seu corpo estava tomado por vermes. Horrorizado, Jimmy acordou no mesmo instante, atacado de um suador. Estivera sonhando desde quando se lembrara de Samantha.

Capítulo 4

Que mostra, entre outras coisas, de qual forma os pensamentos e os sonhos de Jimmy Galla se relacionavam.

Disse certa vez qualquer pessoa, gente do tipo mais reles, que os sonhos estão longe da compreensão humana. "Tão sobrenatural é o sonho", disse, "que ninguém sabe o que esperar dele". Quem quer que tivesse visto Jimmy Galla ao final do seu primeiro dia letivo, à noite, logo antes de dormir, saberia que as pessoas que doutrinam sobre a natureza misteriosa dos sonhos, de tão tolas que são, tiveram uma sorte pior que a de Mestre Mijiro. Já se sabia de antemão que Jimmy Galla não poderia ter visto nenhum verme a mais ou a menos correr sobre a cara do senil mestre.

Ora, Jimmy Galla passara a noite toda pensando na Professora de Literatura e em seus amigos do colégio, especialmente em Ana, que o fazia lembrar também da surra que tomara. Como os pensamentos não lhe dessem sossego, acabou sonhando tudo quanto se contou. E tanto se entrelaçavam os seus pensamentos e os seus sonhos, que, ao acordar, não sabia o que era sonho, o que era pensamento e o que era verdade.

Ao pensar em Ana, Jimmy a tomava por um verdadeiro mistério. Primeiro, tal como se contou, Jimmy pensara que ela era a própria Cindy, depois que era Ana mesmo. Conte-se então que, após sonhar, Jimmy Galla não conseguia impedir a si mesmo de dar por certo que Ana era Samantha, a garota que viera de Nova Iorque para tomar o lugar de Cindy. Uma vez realizada essa transformação,

Jimmy decidiu que estava apaixonado por ela, fosse a garota líder de torcida ou não, porque nisso ainda não havia pensado.

O assunto do espancamento, a respeito do qual Jimmy Galla também pensara muito durante a noite, estava plenamente resolvido na manhã seguinte, haja vista o incrível duelo que se deu entre Bill e Mestre Mijiro. Entre Jimmy Galla e sua loucura, por sua vez, ficou decidido que, caso Mestre Mijiro voltasse dentre os mortos e fosse ter com Jimmy, a fim de lhe ensinar os valores do Karatê tradicional, Jimmy Galla de bom grado se deixaria levar pelas admoestações do ancião, tal como fez o Karatê Kinder, e desistiria de sua vingança*. Se lá, estirado, ficasse Mestre Mijiro, Jimmy seguiria as instruções do Mestre Bill e aproveitaria a primeira oportunidade para tirar sua desforra. É claro que ficou estabelecido que se não acontecesse nem uma coisa e nem outra, Jimmy também se vingaria.

Com todos esses tópicos resolvidos, Jimmy acordou despreocupado e sedento de novas aventuras semelhantes às dos anos oitenta. E que se conte logo todas elas, que não foram poucas.

* The Karate Kid, 1984.

Capítulo 5

NO QUAL SE CONTA QUAIS FORAM AS PRIMEIRAS E MAIS ABSURDAS COISAS QUE JIMMY GALLA CONSIDEROU NO SEU SEGUNDO DIA LETIVO.

Aconteceu que, depois de sonhar e pensar tudo quanto sonhou e pensou, acordou Jimmy Galla e foi se aprontar para mais um dia no colégio. Cantou no banho quantas músicas dos anos oitenta o tempo permitia e se arrumou de acordo com a moda de 1986, exatamente como no dia anterior e, inclusive, com as mesmas roupas, porque outras daquele tipo não tinha. Desceu então para tomar seu café-da-manhã e encontrou seus pais na cozinha.

— Bom dia, filho — falou-lhe sua mãe. — Você vai para a aula de novo?

Jimmy Galla riu e disse a ela, fazendo troça:

— Eu tenho responsabilidade.

Em seguida, pegou sua comida e a levou até seu quarto, a fim comê-la assistindo a vídeos de músicas dos anos oitenta. Quando Jimmy já havia se ido, os pais outra vez se entreolharam confusos, a exemplo de como haviam feito no dia anterior.

— Ele parece estar com umas marcas de briga — comentou preocupada a mãe de Jimmy Galla.

— Ele acordava todo dia ao meio-dia — respondeu o pai. — Agora que está acordando cedo você vai reprovar o menino?

E, não levando muito adiante tal discussão, continuaram com o café-da-manhã.

Jimmy Galla, por sua vez, já há muito estava à frente do computador, lançando sortes para decidir qual vídeo dos anos oitenta deveria assistir. E deu-se que saiu a Jimmy Galla um ótimo vídeo do ano, no qual um rapaz, no refrão, dizia que só se esqueceria de sua garota quando a eternidade já tivesse se encerrado. Pensando nisso, lembrou-se Jimmy de outra música do mesmo ano, em que se canta que há uma técnica para fazer a eternidade se resumir a uma noite, e, juntando uma canção à outra, muito riu do resultado de tudo. Quando o rapaz que não esquecia sua garota foi cantar mais uma vez o refrão, o semblante de Jimmy Galla, contudo, transfigurou-se, e Jimmy sentiu um calafrio.

— O que é isso em sua orelha? — perguntou Jimmy Galla, assombrado, ao rapaz do vídeo.

Como o cantor não respondesse coisa com coisa, Jimmy experimentou olhar com mais atenção para a orelha misteriosa e descobriu nela um excentricíssimo brinco, que brinco nem parecia ser. Apesar do fulgurante brilho, o que mais nele chamava a atenção era a maneira com que se prendia tanto em cima como em baixo da orelha. Jimmy julgou o adorno como o mais extravagante que até então tivera visto e relutou em acreditar que tal coisa pudesse de fato existir.

— Sim, pode até realmente existir — ponderou, enfim, Jimmy Galla —, mas dois do mesmo tipo certamente não há. Aquele é o único já fabricado e sabe-se lá se não há nele qualquer encanto. Aposto que quem uma vez o coloca, a fim de impressionar sua garota, só poderá tirá-lo quando a eternidade chegar ao seu fim, que é quando a garota pode ser esquecida, conforme prega a letra da música.

Jimmy considerou a questão com muita cautela.

— Contudo — continuou ele em seus disparates —, há a eternidade de uma noite só, sobre a qual Pilter Cerbera, a cujo talento o Karatê Kinder deve boa parte de sua fama e prestígio, já falou. Sim, Pilter Cerbera saberia quebrar o encanto do brinco e, talvez, até eu mesmo saiba, se conseguir compreender qual é o grande lance da eternidade de uma noite só! A eternidade passaria todinha em uma noite e, pela manhã, o brinco se desprenderia. Eu então o colocaria e ele nunca mais sairia de mim, porque, afinal, não haveria qualquer outra eternidade.

Jimmy Galla em todas essas coisas pensou muitas e muitas vezes, a tal ponto que já se atrasava para o colégio. Voltando a si, decidiu continuar mais tarde seus devaneios. Levantou-se, guardou em sua mochila algumas coisas importantes, dentre as quais algumas realmente eram e desceu até a cozinha, onde esperava encontrar seus pais prontos para levá-lo à escola. Ora, vendo-os arrumados, deu por certo Jimmy Galla que tudo acontecia da mais perfeita forma e foi esperar por eles dentro do carro.

Quem soubesse o que pensou Jimmy quando, agora em seu segundo dia de aulas, observou com mais atenção o automóvel da família, estremeceria e, tivesse muitas opiniões exaltadas, tomaria uma atitude desmesurada com relação a este livro, mas não é por isso que neste ou nos próximos capítulos nada há que faça referência aos tais pensamentos que teve Jimmy Galla, muito embora possam pensar alguns que, tais foram os disparates, os devaneios e as estranhas lembranças dos anos oitenta neste e em outros capítulos até aqui, tentou-se deste ponto em diante abrandar a loucura de Jimmy Galla.

Perca este livro todo o seu sentido se tudo isso se verificar, porque Jimmy fez ainda muito mais coisas, uma mais desmedida que a outra, e todas serão contadas ao seu tempo. "Tudo ao seu tempo", dizem as pessoas hoje em dia, imaginando que se trata de uma ótima frase.*

---

* Toto - I'll be over you, 1986; Peter Cetera and Crystal Bernard - Forever Tonight, 1995.

Capítulo 6

Que trata da conversa que teve Ana, a Samantha, com Cindy Covarrubias e merece muita atenção.

Enquanto Jimmy sonhava, pensava no brinco encantado e fazia outras coisas semelhantes, acontecia ao longe algo muito incrível, que sequer passava pela cabeça de Jimmy Galla. Por mais que haja quem não aceite, é certo que, desde os anos oitenta, quando as garotas do mundo sofreram uma fantástica transformação no espírito, é bastante comum que elas se reúnam umas nas casas das outras para confabular. Ainda agora, nos dias atuais do presente século, que são os dias chamados de hoje, muito na moda está esse costume e muitos destinos são decididos nessas reuniões.

Vários garotos, todos os dias ainda perdem, ganham ou trocam suas namoradas em função das deliberações feitas em tais assembleias. Tantas são as histórias que corroboram tudo isso, que seria tedioso contar um décimo delas, e tão verdade é o que foi dito, que não há razão para insistir no assunto.

Exatamente como devem imaginar aqueles mais espirituosos, o motivo que levou esse assunto à história de Jimmy Galla é este: à tarde do primeiro dia letivo, Ana, que Jimmy descobriu mais tarde ser a Samantha, ligou para a amiga Cindy, a fim de convidá-la para dormir em sua casa, justificando que precisavam conversar. Realmente, por mais absurdo que isso seja, as duas eram muito amigas e, como se tratasse de um convite fácil de aceitar, Cindy o aceitou e foi feliz para a casa da Samantha. Lá, disseram à mãe dela que precisavam estudar e, a senhora da casa já devidamente enganada, trancaram-se no quarto a fim de conspirar. Ligaram o computador e iniciaram um desses aplicativos que permitem aos jovens conversar uns com os outros, entre outras coisas, por mensagens escritas, os quais Jimmy Galla, vivendo nos anos oitenta, jurava que existiriam em 2011. Então, começaram a tratar dos assuntos que mereciam reflexão, tanto mais porque Joe se fazia estar presente no meio virtual e, sendo ele um desses assuntos, deu às garotas o ensejo para o início da maquinação.

— O que vai fazer sobre ele? — perguntou Samantha a Cindy. — Ele pediu para ficar com você, não pediu?

Os jovens dos dias de agora entendem "ficar" como algo próximo de "namorar por um dia" e muito gostam disso. Jimmy Galla, obviamente, desconhecia a gíria e o próprio hábito, pois nos anos oitenta as coisas se davam de outra forma e, Jimmy, quando passou a ser quem então era, esqueceu-se completamente de tudo quanto era próprio da atualidade, inclusive o modo de se expressar, tanto mais porquanto, na verdade, ele nunca soubera nada das coisas dos jovens de hoje em dia. Seja como for, Cindy respondeu:

— Sim, ele pediu hoje, e disse que daria a resposta amanhã. Quero fazer achar que tem chances e daí dou um fora nele.

— Nossa! Como você é má! O Joe até que é legal. Eu gosto dele.

— Fique você com ele então. Joe? — Cindy se perguntou, rindo. — Foi o amante da Professora que inventou de chamar ele assim.

— É, foi o Jimmy!

— Jimmy o quê mesmo?

— Jimmy Galla... — Samantha sussurrou, sorrindo docemente.

— Jimmy Galla... Ainda não acredito que ele beijou a Professora na frente de todos no primeiro dia dele lá na escola. E ela ainda o trouxe de volta pra sala. Eu acho que ela gostou!

As duas amigas muito riram.

— Sabe, gostei do Jimmy — disse Samantha ao fim das risadas, em tom melancólico —, mas tenho quase certeza de que ele é louco. Louco mesmo.

— Louco porque beijou a Professora na frente de todos? Claro que é louco! Aliás, todos os que já beijaram a Professora devem ser loucos!

— Além disso, também aconteceram outras coisas. Você não estava lá na entrada da escola de manhã...

Contou então Samantha tudo a respeito da briga entre Jimmy Galla e o outro garoto e de como depois encontrara Jimmy no corredor, onde ele tomou um susto, fez coisas estranhas e disse estranhos disparates enquanto conversavam.

— Então foi por isso que ele estava todo espancado? — Cindy perguntou.

— Foi.

— Mas mesmo assim duvido que ele seja louco. Nunca nada assim tão legal acontece naquele colégio!

— Tomara que você esteja certa!

— Não! Tomara que ele seja mesmo louco. Você imagina que legal que seria?

— Nossa! Pare com isso! — falou Samantha, rindo.

Assim foram as duas conversando noite adentro, o computador sempre ligado, até muito tarde. Seria uma tortura relatar todas as ninharias sobre as quais conversaram, sobretudo se fosse necessário transcrever, palavra por palavra, tudo o que realmente falaram.

Verdade é que, das duas, Samantha tinha muito mais qualidades. Enquanto Cindy, apenas discretamente bonita, era, além de voluntariosa e superficial, o extremo da maldade, Samantha era lindíssima e tinha um bom gênio, de modo que conquistava muitos com seu jeito. De qualquer forma, não se contará o que conversaram durante o resto da noite, porque, de mais a mais, não voltaram a tratar de mais nada a respeito de Jimmy Galla.

Capítulo 7

Que não é muito importante.

Naquela manhã cinzenta, enquanto Jimmy Galla tratava de alguns termos com Mestre Bill, arrumava-se para ir ao colégio e era acometido de uma comichão pelo brinco maravilhoso, algo mais ainda aconteceu na casa de Samantha. Após a senhora daqueles domínios aparecer bem cedo no quarto onde dormiam as amigas, a fim de despertá-las, as garotas ainda permaneceram muito tempo em suas camas, nem dormindo e nem acordadas. Nesse estado, falaram uma à outra quantas bobagens havia para se falar, muitas das quais eram repetições de coisas que haviam dito lá pelo fim da noite, quando batera nelas uma sinceridade tal, que, esgotadas as verdades reais, passaram a inventar verdades.

— Ah! — resmungava Samantha. — Eu queria estar abraçando o Jimmy agora. Ai Jimmy Galla, como eu te amo...

— Ai, Joe — respondia Cindy —, fique comigo, eu imploro!

Assim foram elas revelando uma à outra toda sorte de sentimentos exaltados, pois estavam fora de si e não conseguiam perceber o que faziam. Ao cabo de trinta minutos, porém, a mãe de Samantha tornou ao quarto, desconfiada de que as meninas estivessem fazendo o que se contou. Dessa vez tratou a respeitável mulher de acordá-las de vez, e acordaram. Tão logo isso fizeram, lembraram amarguradas de tudo quanto não se furtaram a proferir uma à outra e tentaram consertar seus discursos.

— Acho que precisamos saber se o Jimmy é mesmo louco — começou Samantha.

— Tem razão — tornou a amiga —, e não vou ficar com o Joe.

Samantha sequer ouviu o que dissera Cindy, porque pensava. E continuou:

— Nós falaremos com a orientadora, para saber sobre o Jimmy. Vamos falar também com os professores e com o diretor.

— Por que tanto interesse nele, Dona Ana? Você por acaso está com ciúmes da Professora de Literatura? — Cindy brincou e provocou.

— Que bobagem! Você sabe que eu ainda estava dormindo quando falei aquelas coisas. Se eu gosto do Jimmy, você gosta do Joe!

— Eu também estava dormindo!

As duas amigas riram e abraçaram-se, como boas garotas dos dias de hoje, que dão risadas e se abraçam por qualquer ninharia. Dessa maneira foram e se vestiram, tomaram o café-da-manhã e partiram para o colégio, certo entre elas de que, naquele dia, procurariam saber quem era Jimmy Galla. Este estava dentro do carro esperando os pais, divertindo-se com o que tirara de sua mochila, coisa com a qual pretendia surpreender e maravilhar o amigo Tobby Trobogan.

Capítulo 8

Que é ótimo.

Enquanto Jimmy Galla olhava para seu irmãozinho, sem entender porque ele ia junto no carro, seu pai, que ia dirigindo, falou-lhe:

— Você está estudando lá perto de onde aconteceu o acidente ontem? Você sumiu quando paramos lá. Que bom que é perto do colégio do seu irmão.

A loucura o orientou a dizer que era mesmo lá perto e foi o que ele fez.

— Sim, é lá perto — disse. — Pode me deixar por lá.

Portanto, o pai de Jimmy seguiu e tocou direto para o *High School* de Jimmy Galla, à frente do qual parou.

— Eu coloquei um pacote de biscoitos recheados em sua mochila — disse a Senhora Galla ao chegarem. — Deus te abençoe!

Jimmy agradeceu, enquanto descia do carro.

— Desculpe-me, filho — continuou a mãe. — Não coloquei biscoitos em sua mochila, só na do seu irmão.

Ao que Jimmy estacou onde estava, feito uma besta, vendo seu irmãozinho receber bênçãos e um beijo da mãe. Em seguida, o viu despedir-se do pai e depois lhe dizer:

— Tchau, irmão bundão!

Dito isso, o garotinho cruzou a rua e foi correndo colégio adentro, açoitado pelo vaivém da desproporcional mochila. Jimmy Galla teve um arrepio e julgou estar vendo coisas, porque ele e seu irmãozinho, afinal, estudavam na mesma escola.

— Jimmy Galla — sussurrou uma voz.

Não há que se fazer mistério para contar que essa voz era a da loucura de Jimmy Galla, a qual continuou:

— Por que o arrepio? Você não está em 1986, à frente do colégio? Não chegamos até mesmo a escrever juntos uma poesia com a qual encantamos a Professora de Literatura? Já está tudo arranjado, não se preocupe. Apenas vá e divirta-se.

Jimmy não prestou a mínima atenção no que sua loucura lhe dissera, exceto pela parte do "vá e divirta-se", pois soubera compreender rapidamente o que significava estudar na mesma escola do seu irmãozinho. *Tanto era justo que isso assim se registrasse, quanto é comum que os irmãos das comédias de adolescentes estudem no mesmo colégio,* pensou. Jimmy Galla sabia que, no mínimo, a novidade do irmãozinho dava ocasião para que se imitasse uma aventura dos anos oitenta, se lembrasse de alguma que conviesse. Muitas certamente convêm e, se uma pessoa simples as conhece, quanto mais as conhecerá Jimmy Galla.

Contudo, dirão alguns sabichões, cuja instrução e fácil entendimento fascinam a sociedade de hoje em dia, que a história do irmãozinho é mal contada e inverossímil. "Ora", argumentarão, "Onde estava o irmãozinho no dia anterior, quando deveria estar no carro? Como é possível que nada dele se fale no primeiro dia, e nesse dia ele não vá à escola, e no segundo dia se conte, de repente, que ele pegou sua mochila e foi ao colégio?". Diga-se que tudo isso argumentarão com razão, como sempre fazem, porque, desde o princípio até agora, jamais se verificou que é possível um garotinho faltar às aulas certo dia e assistir a elas no dia seguinte. Tampouco se ouve relatos de casos assim e nem se ouviu ou ouvirá.

Fora o caso mal explicado do irmãozinho e os nomes ruins dos amigos de Jimmy Galla, nada mais há, porém, que macule a sua história. Portanto, conte-se que, naturalmente, após ver seus pais partirem, Jimmy Galla foi ansioso meter-se portão adentro, tal como fizera seu irmãozinho, e que, ao tentar fazê-lo, no entanto, foi barrado pelo porteiro.

— Onde está seu uniforme? — perguntou a Jimmy.

Jimmy Galla respondeu com um deboche muito bem-humorado.

— Qual é o seu nome? — o porteiro tornou a falar.

— Jimmy Galla.

Ao ouvir o nome de Jimmy Galla, o porteiro, tremendo de cima a baixo, imediatamente retirou da cabeça o seu boné, em sinal de temor e respeito, e, após engolir a saliva com alguma dificuldade, falou ao Jimmy, atropelando-se todo nas palavras:

— Jimmy Galla? Mil perdões! É claro que você pode entrar!

Jimmy, com um semblante muito sisudo, fez um cafuné no porteiro e tomou das mãos dele o boné. Em seguida, cuidadosamente recolocou nele a cobertura, à moda que não existe mais, com a aba virada para trás. Em seguida, enquanto já se metia para dentro do colégio, disse, rindo-se:

— Mil perdões? Faltam ainda novecentos e oitenta e seis!

E foi Jimmy Galla reencontrar os seus amigos.

Capítulo 9

Dos favorecimentos a Jimmy Galla.

Na tarde do dia anterior, enquanto Jimmy Galla, em terrível transe, descabelava-se tentando desvendar o mistério do Cubo Mágico, porque esse era seu brinquedo predileto, juntamente com o Super Gênio, uma intervenção era feita em seu favor. Obviamente, quantos pensamentos se apresentavam ao privilegiado intelecto da Professora de Literatura tomavam Jimmy Galla em consideração. A paixão é assim e o amor é parecido, mas que os discursos sobre a paixão e o amor não cheguem a ir além disso neste livro, pois em outros já foram explorados em demasia, como bem sabe a Professora.

O que faz da paixão da Professora de Literatura uma paixão especial e digna de relato é Jimmy Galla e, portanto, sem entrar em relatório mais apurado, ficará apenas entendido que existiu a parte das pieguices e suspiros, bem como a das aflições ridículas com as quais sofrem todos os enamorados. Contar-se-á, por bom senso, unicamente os casos que concernem a Jimmy Galla.

Considerados esses aspectos, houve que a Professora de Literatura, encerradas suas atividades da manhã, no primeiro dia letivo, que foi aquele no qual se apaixonou, foi arranjar um lugar solitário onde pudesse suspirar, encomendar-se aos céus, maldizer sua fortuna e fazer tudo mais quanto constava em seu rol de atitudes romanescas. Sentada à sombra de um vil pinheiro, o qual, tão exagerada estava em seus amores, deu por um vistoso álamo, pôs-se a enumerar as virtudes de Jimmy Galla. Em seguida, para embriagar-se ainda mais, sacou da bolsa um livro de emoções descomedidas e lançou-se aos braços da Literatura. Entalhou ainda as iniciais de Jimmy Galla na madeira podre do pinheiro e fez outras sortes de pieguices, uma mais aborrecedora do que a outra. Quando as atividades da tarde vieram perturbá-la no que fazia, voltou às suas incumbências, mas, imaginando-se uma discreta pastora, seus amores não contou a ninguém senão aos céus.

Nos corredores do colégio, ouviu um funcionário contando um caso que soava um prodígio. Dizia o rapaz estranhas coisas sobre um mendigo maluco.

— Hoje, bem pela manhã — contava —, espancaram um mendigo maluco à frente do colégio. Uma garota então me procurou e me pediu que corresse para ajudá-lo. Prontamente levei o mendigo até a enfermaria, mas bem me parecia que ele estava mesmo era morto. Tão logo, porém, tirei os olhos dele, sumiu como que por encanto.

Quantos o ouviram o monitor surpreendeu. A Professora de Literatura foi uma que ouviu todo o relato e, muito interessada, porque sentia haver no caso qualquer estranho agouro, foi até o funcionário.

Escute — disse ela —, como era esse tal mendigo?

Como o rapaz soubesse que o indigente ostentava um penteado extravagante e vestia roupas inteiramente sujas de água sanitária, excetuando o casaco de couro, que era muito bonito e estava limpo, disse:

— Ele tinha um penteado extravagante e vestia roupas inteiramente sujas de água sanitária, exceto o casaco, que era muito bonito e estava bastante limpo.

A Professora de Literatura, reconhecendo na descrição do mendigo Jimmy Galla, não conteve o enfraquecimento dos ânimos e desmaiou. Não fosse o monitor segurá-la habilmente, teria sofrido uma queda semelhante à de Mestre Mijiro. Logo, contudo, reanimaram-na.

— Está tudo bem com a senhora? — perguntaram.

— Sim. Eu estou bem, mas não me chame de senhora e, com licença, preciso dar minha aula.

Saindo apressada, foi, na verdade, fazer pesquisas nos registros da administração.

— Não é possível — dizia consigo — que o homem que eu amo seja um mendigo maluco.

Não encontrando documento algum referente a Jimmy Galla, voltou correndo à sombra do reles pinheiro e, dessa vez, tomou-o mesmo por pinheiro, pois não vinha carregada de pensamentos belos como o álamo que sumira. Chorou tanto, que quem a visse a tomaria por uma adolescente emocionalmente desequilibrada.

— Não importa a mim que ele seja mendigo — pensou ela em voz alta. — Tanto faz se é mendigo, um de meus alunos ou o que for. Amo-o de qualquer jeito! Mas, uma vez que ele não é aluno, é possível que nunca mais volte. Se for assim, como então viverei?

Tomou nas mãos um papel onde havia escrito a poesia que ouvira da boca de Jimmy Galla e leu os versos muitas e muitas vezes.

— Oh, Jimmy Galla, chamar-me-á um dia de sua? — perguntava a si mesma.

Nessas práticas esteve bastante tempo e nelas continuaria, não fosse isso: seu ótimo intelecto, vendo-a agir tal qual uma tola garotinha, veio a ela com injeções de esperança e uma ideia digna da esclarecida pessoa que era.

— Sim! Jimmy Galla voltará e, tão logo ele o faça, caberá a mim que não o impeçam de tomar aulas. Na verdade, desde já deixarei o caminho livre para ele. Que me importa a ética profissional, se não tenho em meus braços Jimmy Galla? Antes de qualquer coisa, subornarei o porteiro, para que ele deixe o Jimmy entrar.

Tão obcecada estava, que chegou mesmo ao ponto de executar seus intentos. E tão facilmente os executou quanto é fácil subornar porteiros, tanto melhor para Jimmy Galla, o qual, tal como se contou, foi para seu segundo dia de aula sem maiores aborrecimentos.

Capítulo 10

No qual se conta o que aconteceu na biblioteca do colégio.

Ora, é certo que Jimmy Galla, ao pisar no corredor principal da escola, sabia já onde era sua sala de aula, pois estivera nela no primeiro dia. No entanto, e é bastante compreensível que isso tenha se dado assim, Jimmy, como que por encanto, esqueceu-se completamente do lugar onde havia estudado no dia anterior. Na verdade, é claro, sua loucura havia confundido sua cabeça deliberadamente, com o propósito de fazê-lo perambular novamente pelo corredor.

— Cadê a minha sala? — Jimmy Galla se perguntava, enquanto ia sem rumo.

É escusado contar que sua loucura o fez chegar rapidamente à porta da biblioteca do colégio.

— Olhe aí, Jimmy — falou ela — pode entrar.

— É a minha sala? — Jimmy Galla perguntou.

— Não sou capaz de mentir para você, Jimmy — ela respondeu. — Não é a sua sala. Contudo, é um lugar bom também.

Jimmy Galla, sem muito que questionar, meteu-se biblioteca adentro. Tão logo entrou lá, ficou maravilhado.

— Olhe só como eles arrumaram as estantes dos livros! — exclamou. — Já sabem bem que se a primeira cair em cima da segunda, vai ocorrer um incrível efeito dominó.

Pensando mais um pouco, falou ainda a si mesmo:

— Antes eu tivesse sido espancado aqui dentro. Eu seria jogado contra a primeira prateleira, a qual cairia sobre a segunda, iniciando o efeito dominó!

Alguns alunos que ali estudavam já estavam incomodados com o modo com que Jimmy Galla permanecia parado à porta balbuciando e gesticulando. Até sua loucura, diga-se, ficou incomodada.

— Que droga! — disse-lhe. — Faça logo o que tem que fazer.

Jimmy, então, caminhou discretamente até a primeira prateleira e, tirando de lá um livro, pôs-se logo a folheá-lo.

— Muito bom! Muito interessante — Jimmy Galla dizia, enquanto estudava.

— Fique quieto! — exigiu um estudante.

Ao que Jimmy obedeceu, sem, no entanto, interromper os estudos. Quando imaginou já haver enganado todo mundo, fechou o livro e o colocou novamente na prateleira. Deu então alguns passos para trás e, quando um garoto magricelo se aproximou, a fim de procurar um livro, correu e pulou contra a estante, espatifando-se nela, enquanto gritava:

— Filho da mãe! Pra que me agredir desse jeito? Só porque eu sou ainda mais magricelo que você?

A primeira estante caiu em cima da segunda. Essa, por sua vez, caiu em cima da terceira, que caiu em cima da quarta e assim por diante*. Levantando-se, Jimmy Galla caminhou discretamente para fora da Biblioteca. Em seguida, foi para a sala, onde seus amigos o aguardavam.

* Three O'clock High, 1987.

Capítulo 11

Das novidades dos videogames.

Em 1986, época em que vivia Jimmy Galla, a humanidade conheceu o mais maravilhoso fruto de sua própria engenhosidade. Nesse incrível ano, o mundo chegou a um ponto tal de desenvolvimento, que os garotos passaram a desfrutar do estranho privilégio de jogar jogos eletrônicos em suas próprias casas. Jimmy Galla, atento a todas essas incríveis transformações que o mundo de seu tempo sofria, muito se assombrava e se maravilhava, tanto que, ao entrar na sala de aula, não se continha de vontade de conversar sobre tudo isso com seu distinto amigo Tobby Trobogan. Encontrando-o, abordou-o nestes termos:

— Tobby, você sabe qual é a última e mais fantástica novidade dos videogames?

O garoto, embaraçado, porém não tanto quanto havia estado no dia anterior, tinha, ao menos, algumas opiniões sobre jogos eletrônicos e possuía um videogame atual, tal qual qualquer garoto da classe média que vive na cidade em que vivia Jimmy Galla. A despeito do embaraço, Trobogan resolveu então responder, pois sentia poder falar com um pouco de confiança sobre o assunto que Jimmy Galla trazia.

— Você não está falando do controle sem fio, está? Isso já é passado.

— Não seja besta! Controles sem fio só existirão no ano 2000 ou em 2010.

Tobby mostrou-se confuso.

— Veja! — continuou Jimmy Galla, com os olhos brilhando, enquanto revolvia o interior de sua mochila. — Essa é a novidade.

Tirou então de dentro da mala uma revista imunda, a qual estava tomada pela sujeira a tal ponto, que parecia ter sido usada na falta de papel higiênico. Datava de 1986 e, portanto, era atualizadíssima. Muito popular em sua época, a revista tratava de assuntos científicos. Nerd algum passou a década de oitenta sem assinar uma dessas.

— Na parte das coisas eletrônicas — prosseguiu Jimmy Galla, manejando as asquerosas páginas. — Dê uma olhada.

Jimmy passou pelas matérias sobre o espaço e por algumas que tratavam da Biologia, até chegar à parte de Eletrônica, cuja primeira matéria ensinava o leitor a montar o seu próprio sintetizador. A segunda era aquela que Jimmy procurava.

— Você instala em sua própria televisão e joga em sua própria casa — leu Jimmy Galla, assombrado de um modo tão terrível, que não parecia já ter lido a revista inteira umas oitenta e seis vezes. — O jogo é tão real, que você não sabe o que é jogo e o que é verdade.

Jimmy tratou de colocar a revista sobre a carteira de Tobby e mostrou a ele a gravura do aparelho. Apontou também algumas imagens retiradas dos jogos e, cada vez que o fazia, assombrava-se mais com a maravilhosa verossimilhança dos videogames, pois chegavam a ser oito os quadrados que formavam o corpo de um personagem.

Trobogan até conhecia o videogame, tanto mais porque é um videogame histórico e muitos ainda hoje dele se recordam.

— Que revista legal — falou Tobby Trobogan. — Você comprou em um sebo?

— Essa revista chegou hoje nas bancas! — respondeu Jimmy.

Tobby riu pela primeira vez na vida e, também pela primeira vez, sentiu-se menos idiota que alguém. Procurou o ano de publicação da revista e achou o de 1986.

— Onde você conseguiu uma revista de 1986? Essa revista deve valer alguma coisa em um sebo.

Sabe-se lá onde Jimmy Galla conseguiu a revista! Ninguém duvidará, porém, que foi fácil para ele consegui-la, sendo ele quem era ou acreditava ser. E, como nada abalasse seu entendimento retardado, pouco caso fez do que seu amigo Tobby dizia. Ao contrário, preparou com zelo toda sua loucura, pois tencionava ainda doutrinar com exagero a respeito das coisas da tecnologia.

— Tobby — começou —, você imagina como não será o mundo no ano 2000? Controles sem fio, carros voando por toda parte e máquinas de realidade virtual em cada esquina, sem falar nas constantes viagens tripuladas à lua. Os carros serão controlados por comando de voz e andarão tão rápido quanto os aviões de hoje. Na velocidade da luz, é verdade, só andarão em 2020.

Tal era o modo de Jimmy falar essas coisas e tão distante o seu olhar, que Tobby, muito assustado, não o interrompeu.

— Todas as atividades domésticas — continuou Jimmy Galla em seus disparates — e até mesmo outras, no ano 2000, serão realizadas por robôs, os quais se igualarão a nós em questão de inteligência. Sem dúvida, a Robótica será a grande ciência do próximo século, conforme anunciam as músicas do Space Disco. Aliás, diz-se que já em primeiro de janeiro do ano 2000, alguns robôs serão mandados à lua para que lá fiquem. Aqueles robôs, que são replóids, simularão a vida humana na lua, a fim de que, mais tarde, em 2010 ou 2020, uma verdadeira colônia seja então enviada.

Tobby Trobogan, apesar de inclinado, por sua natureza nerd, conforme pensava Jimmy Galla, a aceitar com credulidade as coisas da ciência, vivia em um tempo no qual todas as discussões intelectuais só abrangiam os tópicos referentes aos problemas ambientais. Tobby não acreditava mais nos prodígios da Astronomia e da Robótica. Aliás, ninguém mais no mundo, nos tempos de agora, crê nos robôs ou nas viagens ao espaço. Quando alguém voltará a crer ninguém sabe. Os tempos de hoje, há muito já entrados no século XXI, não se parecem com o que se imaginava que seriam.

— E as questões ambientais? — perguntou Tobby a Jimmy.

— Que questões ambientais? A humanidade não tem e não terá tempo para essas ninharias. Você sabe disso melhor do que eu!

— A primeira década do século já foi e, por enquanto, só se falou de questões ambientais. Não existem robôs e não se vai à lua.

— Primeira década do século? Você, com certeza, é o meu amigo mais maluco!

— Em que década você acha que está? Na de oitenta?

Jimmy muito riu da simplicidade do colega. Enquanto isso fazia, entrou na sala um professor, quando Tobby Trobogan já sabia que Jimmy Galla sofria de alguma espécie de demência.

Capítulo 12

Que é bom.

Samantha, Cindy e Joe observaram a entrevista entre Tobby Trobogan e Jimmy Galla, mas não puderam ouvir nada das belas coisas que Jimmy proferiu. No segundo dia de aulas, Jimmy Galla já era o centro das atenções. Muitos desejaram sua amizade e, inutilmente, tentaram conquistá-la. Jimmy só tinha olhos para seus amigos da década de oitenta e os enxergava da maneira que bem o convinha: vestidos na moda de 1986. Como que por mágica, surgia em Ana, que era Samantha, um gigantesco brinco e excessiva maquiagem. De Joe, os palavrões afloravam misteriosamente. Tobby tinha muito mais chiliques e Cindy, a amiga amante, muito mais sentimentos ternos.

A aula iniciada, Jimmy Galla deixou em paz o amigo estudioso e foi procurar outro amigo, andando pela sala a seu bel-prazer. Lembrara bem Jimmy Galla que estava terrivelmente apaixonado por Samantha e, porque mandava o espírito dos anos oitenta, precisava se fazer ainda mais apaixonado.

Antes, porém, de tomar qualquer atitude com respeito à Samantha, que é a mesma pessoa que Ana, mandava a regra e ordenava a loucura, que Jimmy revelasse a Cindy tudo quanto sentia. Fosse de outra forma, Jimmy Galla teria escolhido à toa uma amiga para esses fins. Sendo assim, Jimmy atravessou a sala e foi ter com Cindy, com o propósito de fazer o que se disse. Como Samantha estivesse muito próxima e arriscasse ela ouvir o que se diria, Jimmy puxou Cindy da carteira, tencionando levá-la ao outro lado da sala. Cindy, por sua vez, olhou para Jimmy e depois para a amiga, sem entender o que estava acontecendo.

— Preciso falar com você — Jimmy explicou a ela.

Ao que Cindy o acompanhou.

Quis a sorte, contudo, que não estivesse em transcurso qualquer aula. Quem então discorria era ninguém senão o arrogante Professor de História. Vendo Jimmy Galla perambular despreocupado por entre as carteiras da sala, o áspero homem se irritou tanto, que, no estado de nervos em que se colocou, Joe, fosse mesmo Joe, não tardaria a chamá-lo de galinhazinha.

— Por que você está andando desse jeito pela sala? — perguntou a Jimmy Galla, cuspindo enquanto falava.

Jimmy Galla não estava no colégio para estudar, exceto se acontecesse de lembrar-se de alguma cena importante, em algum inesquecível filme dos anos oitenta, na qual um jovem bastante extravagante estivesse a executar atividades de estudo. Ora, os ótimos valores acadêmicos são tão pouco perto dos jovens extravagantes dos filmes de adolescentes, que, embora tanto uns quanto outros apareçam nesses filmes, só se enxerga mesmo as partes da extravagância juvenil. Segue-se que só se lembra do que se enxergou e que Jimmy Galla, portanto, acabava mesmo cuspindo no decoro acadêmico e na tabuleta dos princípios da Academia. Como aprouvesse isso à sua loucura, Jimmy Galla também cuspia nos livros didáticos. De mais a mais, Jimmy se ofendera com as maneiras desabridas com que fora tratado.

— Preciso conversar com meus amigos — respondeu Jimmy.

— Você quer conversar com seus amigos durante a minha aula? — tornou a falar indignado o homenzarrão.

— Exatamente.

— E vai ficar perambulando pela sala enquanto eu estiver falando?

— É isso mesmo.

— Não vai, não, porque estou te mandando agora à sala do Diretor.

Jimmy Galla se enfureceu muito, porque, embora a entrevista com o Senhor Costello soasse sempre uma ótima ocasião para se fazer uma ou outra leviandade, o assunto da Samantha era de uma importância tal, que as excentricidades mereciam ficar para depois. Fora de si, como sempre esteve, Jimmy Galla tratou de pensar logo na primeira coisa malcriada que, em ele ali a dizendo, a situação se assemelhasse com uma dos anos oitenta. Não malogrado nisso, disse ao professor, com a mesma presteza, o que pensou:

— Você está nervoso porque sequer lembra-se quando foi a última vez em que fez sexo. Não desconte em mim, não tenho culpa!

Alguns, vendo Jimmy Galla, um dia após o beijo na Professora de Literatura, surgir com outra deselegância, não se furtaram a rir, tanto mais quanto o Professor de História, soberbo como só ele, não tinha a simpatia de ninguém e a situação não era tão delicada como a do dia anterior. Dentre esses que riram, Joe se destacou no descomedimento. Desenvolvia-se nele, instante a instante, uma profunda admiração pelo amigo Jimmy Galla. Nas garotas, Samantha e Cindy, desenvolviam-se, por seus turnos, o assombro e a confusão. Em Samantha, é verdade, também um profundo enternecimento de natureza bastante misteriosa.

Capítulo 13

Que é cheio dos disparates de Jimmy Galla

Não há registros, quer nas notícias ou nas manifestações artísticas dos anos oitenta, de uma ocasião em que se tenha dito, entre o primeiro e o último dia da década, o que disse Jimmy Galla ao Professor de História. Nem por isso, contudo, o comentário malcriado de Jimmy deixa de ser próprio dos anos oitenta, haja vista que, por seu espírito e natureza, foi tão típico da década de oitenta, que quantos o disseram naqueles tempos é impossível imaginar. É o mesmo caso da música "Expresso China", a qual, apesar de nunca ter existido, é uma música dos anos oitenta.

Seja como for, o Professor de História, ofendido, tomara por bem enviar Jimmy Galla ao Senhor Costello, que era como se chamava o diretor. Garoto de boa criação, Jimmy Galla não teria coragem de desobedecer a seu professor, tanto que abriu a porta da sala e se meteu corredor adentro rumo à sala do Senhor Costello. Afinal, tão logo realizasse uma incomum grosseria na sala do diretor, voltaria para dar termo aos assuntos que esperavam um desenlace.

Ora, não eram poucas as coisas que Jimmy Galla inventava, de acordo com o que foi dito não faz muito. Cabe aqui dizer que Jimmy Galla era tão sortudo, que às vezes se sentia na necessidade de inventar algumas desventuras e fingir que as tinha. Andando pelo corredor, Jimmy teve a sorte de encontrar a Professora de Literatura.

— Jimmy! — falou ela, com o coração batendo forte.

— Oi, Professora — respondeu Jimmy, sorrindo.

— O que você está fazendo aqui fora?

— O Professor de História me mandou ao diretor.

A mestra sentiu um calafrio.

— Por que ele fez isso? — perguntou ela.

— Porque ele não consegue nem lembrar quando foi a última vez em que fez sexo. Por isso, fica nervoso por qualquer coisa e com qualquer um.

A Professora de Literatura riu dentro de si. Lembrando-se, porém, da situação em que Jimmy Galla se meteria, caso chegasse a entrar em entrevista com o Diretor Costello, e, em isso tomando lugar, a situação em que meteria a si mesma, mudou logo o riso em angústia. Da angústia, então, veio uma ideia, tal qual acontecera à sombra de um horroroso pinheiro. Pediu a Jimmy que voltasse à sala de aula e não se preocupasse, porque advogaria em seu favor, sendo uma grande injustiça o que faziam a ele.

— E o que eu devo dizer ao Professor de História?

— Diga que o estou esperando aqui no corredor e desejo falar com ele.

A Professora de Literatura era uma mulher esperta e tinha muitos recursos para livrar Jimmy Galla de quantas desgraças o ameaçassem.

Capítulo 14

Que mostra como Jimmy Galla tinha razão em algumas coisas, mas não se resume a apenas isso.

Havendo Jimmy Galla retornado à sala de aula, tal como havia pedido sua protetora, o Professor de História perguntou-lhe por que o fizera. Jimmy explicou tudo o que acabara de se passar, e o professor tão logo soube que a Professora de Literatura o esperava no corredor, trepidou de alto a baixo. Suas canelas tremeram de tal forma que, se Joe tivesse visto, teria o chamado de galinhazinha.

Jimmy Galla tinha razão em tudo: o motivo das inquietudes e desassossegos do Professor de História. Jimmy acertara na piada malcriada que fizera. Dava-se entre ele e a Professora de Literatura um caso bastante singular, o que muito inclinava para o bisonho toda conversa que acontecia de levarem.

Deixando seus alunos não pouco à vontade com sua ausência na sala, foi o estúpido professor encontrar-se com a colega no corredor, para levar com ela o tipo costumeiro de conversa que levavam, tal qual se contou. Veja-se, com justo assombro, quais eram os termos que trocavam e quão perspicaz foi Jimmy Galla ao adivinhá-los, ainda que por brincadeira.

Isto foi, enfim, o que aconteceu no corredor: recebendo o colega sem prestar mesuras, o semblante implacável, a inteligentíssima mestra observou, enfadada, que o grosso homem vinha a ela com maneiras brandas, tal como sempre a tratava.

— Que doce motivo me traz à sua presença, doce mulher? — perguntou ele com o mais terno olhar que conseguiu colocar à sua carranca.

— Não me venha com lisonjas, seu porco!

— O que fiz eu para merecer ser tratado com tamanha aspereza por alguém a quem quero tão bem?

— Porco nojento! Eu poderia atribuir minha aspereza à sua indecência e procedimentos indecorosos, mas hoje não se trata disso.

— Que fiz eu?

— Mandou Jimmy Galla ao diretor.

— Quem é Jimmy Galla?

— O aluno novo.

— O atrevido? — perguntou o Professor de História, furioso. — Ele me disse uma indelicadeza tal, que mereceu o que fiz a ele.

— Uma indelicadeza? — perguntou ela, indignada. — Ele disse uma verdade e nós dois sabemos disso!

A professora não conteve as risadas, ao final das quais continuou:

— Faça algum mal ao Jimmy e terá que dar fim às suas pretensões para comigo.

— Mas eu tenho que cumprir minhas obrigações como professor!

— Não seja besta, homem! Você é muito mais eficiente como mau-caráter do que como professor. Faça o que te ordeno e não teime!

O Professor de História respirou corajosamente e ameaçou enfrentar a mulher. Apenas com o olhar, ela tratou logo de fazê-lo acovardar-se novamente.

— Eu farei — disse ele —, eu juro!

— Muito bem. Então suma agora da minha frente e vá dizer ao Jimmy que você foi um tolo e quer voltar atrás. Se ele entrar na sala do diretor, você estará perdido.

O homem obedeceu imediatamente. O que se passava entre aqueles dois não é necessário possuir uma imaginação brilhante para saber, e que não se perca mais tempo tratando disso.

Capítulo 15

Da história do Irlandês, que Jimmy Galla teve o engenho de inventar.

Após o Professor de História se desculpar, Jimmy Galla disse-lhe:

— É bom mesmo, seu paspalhão!

E, em seguida, foi Jimmy dedicar-se ao que antes havia sido impedido de fazer, a saber, tratar do assunto de Samantha e Cindy. Nunca mais sejam trazidos a este livro importunos casos de professores, a menos que sirvam para qualquer propósito.

Portanto, foi Jimmy Galla tratar de uma ou outra coisa com Cindy Covarrubias, em um canto da sala bem próprio para a troca de confidências.

— Cindy, preciso te contar algo.

— Quem é Cindy? — perguntou ela.

— Não há tempo para piadas. Deixe-me contar logo o que preciso contar.

Cindy, ao considerar quantos absurdos Jimmy Galla poderia estar prestes a proferir, estremeceu. Nem por isso Jimmy deixou de dizê-los todos, os quais tratavam basicamente da sua condição enamorada. O efeito do desabafo não foi aquele que Jimmy esperava, porque Cindy não era sua amiga de infância, nunca estivera apaixonada por ele e nem ao menos chamava-se Cindy Covarrubias.

Acontece, todavia, que Jimmy Galla, embora tivesse inventado a paixão que Cindy sentia e eternamente sentirá, em hipótese alguma poderia deixar entrever a si mesmo que assim tivesse feito, porque era próprio dos anos oitenta que ele não soubesse que Cindy o amava. Haja vista a importante revelação que fizera a ela, de qualquer forma,

Jimmy Galla sentiu os laços de amizade entre os dois se apertarem e, na mesma hora, imaginou que vinha a propósito recordarem juntos alguns momentos especiais da infância.

— Cindy — começou ele, em tom saudoso —, você se lembra do velho irlandês maluco?

Cindy puxou pela memória, mas não lembrou.

— O maluco é você — disse ela. — A Ana tem razão.

— Você não se lembra daquele dia em que entramos no quintal do velho irlandês e ele tentou nos acertar com o escapamento de uma caminhonete? "Saiam da minha propriedade", gritava ele. Você lembra qual foi o motivo que nos fez entrar lá? Ele estava com as nossas ripas, das quais precisávamos para realizar obras na casa da árvore. Minha mãe havia largado os paus próximos ao lixo e o velho passou e os levou embora em seu carrinho de mão, pensando que fossem mesmo lixo. Só queríamos de volta o que era nosso.

Cindy queria logo voltar para perto da Samantha e contar a ela todos os excessivos absurdos que Jimmy Galla então dizia e que entregavam sua condição lunática, mas foi obrigada a ouvir o resto de suas fantasias.

— Enquanto, sem olhar para trás — continuou Jimmy Galla —, corríamos desesperados rua abaixo, senti uma pancada no meu tornozelo, mas não parei para ver o que havia me acertado, porque não queria tomar um golpe de cano de escape na nuca. Você lembra então que, mais tarde, voltamos lá para tentar compreender o que havia se passado e encontramos um carburador jogado na rua? O desgraçado do velho tinha jogado um carburador no meu tornozelo!

Ao terminar de contar essa fascinante história, Jimmy riu de tal forma, que sua voz sozinha superou, em matéria de alarde, todo o alvoroço em que a turma se encontrava. Tobby Trobogan, até ali compenetrado no estudo da revolução das órbitas, assustou-se tanto com as risadas extravagantes e desmesuradas, que caiu da carteira e acertou com a cabeça a quina da mesa do professor, mas não lhe ocorreu mais que isso e hoje ele está bem.

Cindy não conseguia acreditar que alguém pudesse ser tão lunático quanto, via então, era Jimmy Galla.

Capítulo 16

Da importância da Cidadania.

Jimmy Galla, com a sensação de dever cumprido, já que havia revelado a Cindy o amor que sentia por Samantha, sentou-se e sossegou um pouco. Nisso, o sinal tocou, indicando que outra aula começava. Não tardou um instante e entrou na sala um bisonho magricela, cujo nariz era tão adunco, que sua ponta quase chegava a penetrar em um dos orifícios nasais e, certamente, poderia ser usada para coçar seu próprio bigode, o qual também não tinha nada de galante. Seja como for, o homem colocou suas coisas sobre a mesa e, a turma já esperando, começou sua aula.

— Hoje a aula deveria ser sobre o movimento das placas tectônicas — disse ele com a voz não pouco fanhosa —, mas, ao invés disso, vai tratar da Cidadania, porque acho que é um assunto muito mais importante.

Fez uma pausa, ao final da qual perguntou à turma:

— O que é Cidadania?

— Cidadania é, por exemplo, não jogar lixo na rua — respondeu uma garota sentada à frente, a qual, é claro, tinha uma voz fanhosa e um nariz adunco, tal como todos os que gostam de discorrer sobre a Cidadania.

O professor magrelo adorou a resposta.

— Sim — continuou —, esse é um ótimo exemplo de Cidadania! Cidadania é contribuir para o desenvolvimento sustentável. Cidadania é ter boas maneiras no trânsito. Cidadania é plantar uma árvore. Cidadania é...

Quando ia dizer o que mais a Cidadania era, Joe o interrompeu.

— Professor — chamou ele —, hoje de manhã eu entrei no banheiro e encontrei um garotinho chutando o sifão do mictório para fazer jorrar água. Isso é falta de Cidadania?

A turma riu e Jimmy gargalhou aos berros, orgulhoso do seu amigo.

— Sim — respondeu o professor —, isso é falta de Cidadania. Ontem eu encontrei dois jovens brigando à frente do colégio e fiquei pensando: "gente! Quanta falta de Cidadania!". Brigar também é falta de Cidadania.

— Professor!

Dessa vez quem o chamava era Jimmy Galla, que perguntou:

— Não ler livros religiosos é uma completa falta de Cidadania?

— Certamente! Uma completa falta de Cidadania! Todo pecado é, antes de ser pecado, primeiramente uma falta de Cidadania! Tudo o que é errado, resumindo, é uma falta de Cidadania. A sociedade só será mais justa quando todos praticarem a Cidadania.

A garota fanhosa que tinha um nariz adunco se emocionou tanto com o discurso do professor, que, chorando e soltando golfadas de ranho pelo nariz, fechou os olhos e começou a pensar em um mundo melhor. Jimmy Galla virou-se para seu amigo Tobby e deu-lhe um forte tapa no ombro.

— Ei, Tobby — disse-lhe, irritado. Você não vai dizer nada? Você sabe que o mundo só será perfeito quando os robôs passarem a fazer todo o trabalho e os seres humanos iniciarem a conquista do espaço.

Tobby permaneceu acanhado e, em seu lugar, falou o professor.

— Não podemos continuar extraindo os recursos naturais sem responsabilidade social! Antes de pensar em robôs ou viagens ao espaço, precisamos resolver os problemas do planeta, como, por exemplo, o aquecimento global.

— Do que você está falando, seu imbecil? — Jimmy perguntou-lhe. — Você, por acaso, não sabe da última descoberta da Ciência? Os tiros de laser que os robôs disparam têm o poder de purificar a atmosfera e abaixar a temperatura do planeta. Os robôs também conseguem renovar os recursos naturais, simplesmente porque conseguem fazer tudo! Além disso, só precisamos desse planeta até conseguirmos um maior e melhor.

— Você não está conseguindo observar a realidade do nosso planeta! — retrucou o magrelo.

Nessas práticas passariam o dia todo, não fosse a aula terminar. Quando isso aconteceu, a turma toda foi para o pátio, porque era a hora do intervalo. Jimmy Galla, por sua vez, falou ao seu professor:

— Se o senhor me permite, preciso ir agora ao banheiro.

— Claro, agora é o intervalo — respondeu o Professor de Geografia. — Você pode ir.

Foi então Jimmy Galla ao banheiro, onde, a chutar o sifão do mictório, passou os quinze minutos do recreio.

Capítulo 17

Que trata da linda amizade entre Joe e Jimmy Galla.

Tanto Jimmy Galla chutou o pobre sifão, que a água dele começou a escassear e, assim, passou a verter com pouca elegância, o que o aborreceu. Ainda desejoso de transgredir as regras da Cidadania, que se opunham fortemente às regras dos anos oitenta, Jimmy Galla sentiu que sua barbárie ainda não estava completa e, ocorrendo-lhe uma ideia fascinante, deixou aquele local. Dirigiu-se então ao banheiro feminino, disposto a transformar aquele lugar no mesmo charco, mas, não encontrando lá nenhum mictório, viu sua ideia frustrada e, chateado, voltou para a sala.

Tão logo fez isso, encontrou Joe ao fundo rindo e contando casos a grandes vozes. Seu amigo, ao vê-lo chegar, foi ao seu encontro, com o sorriso aberto.

— Cara, você é a sensação do colégio! — disse. — Não quero faltar a mais nenhuma aula, porque eu poderia perder uma das suas!

Joe tencionava fazer ainda mais elogios a Jimmy Galla, mas não teve chance de fazê-los porque um grande vozerio, vindo de fora da sala, alarmou a todos, que correram para ver o que estava acontecendo. Constataram então que, pela maneira com que alguns funcionários acorriam ao banheiro masculino, lá havia tomado lugar alguma grande desgraça. Quem procurou saber ao certo que sorte de desgraça era, soube que o chão do banheiro estava tão ensopado e escorregadio, que um aluno havia escorregado e batido a cabeça no mictório quando se preparava para urinar. Foram alguns e contaram essas coisas a Joe e Jimmy, que conversavam à porta da sala.

— Ora — falou Jimmy Galla, com naturalidade —, não é de se surpreender que isso tenha acontecido. Eu chutei tanto o sifão do mictório, que aquele banheiro ficou um atoleiro só.

Joe gargalhou à vontade, certo de que Jimmy não mentia, pois já sabia do que o amigo era capaz. Além disso, tais eram os costumes e a criação de Jimmy Galla, que ele abominava a mentira.

— Você é louco — comentou Joe.

Ao que Jimmy nada respondeu. Ouvindo que o chamavam de louco, sua loucura acordou, achando que a invocavam. A demência aproveitou a ocasião para orientá-lo.

— Jimmy Galla — disse —, aproveite a ocasião para conversar com Joe sobre carros e mulheres, tal quais os bons amigos das comédias de adolescentes dos anos oitenta. Exagere a velocidade dos carros e, sobre as mulheres, fale vulgarmente. Em seguida, fale sobre elas com embaraço, demonstrando que está apaixonado. É a transformação que os garotos sofrem nos filmes da década de oitenta. Joe logo saberá que trata-se de Samantha. Você deverá, então, elogiá-la de maneira apropriada, a fim de que se cumpra outra ótima imitação dos anos oitenta.

— Ei, Joe — chamou —, qual carro você vai comprar, quando tiver licença de motorista e dinheiro?

— Não sei. Sei que vou fazer *tuning* no carro que eu tiver.

— Do que você está falando? O que é *tuning*? — perguntou Jimmy Galla, em cuja época não se falava, com razão, em modificar carros.

— *Tuning* é modificar carros.

— Modificar carros? — perguntou Jimmy, sem acreditar no que ouvia. — Você é idiota, Joe? Por que alguém modificaria uma Portiac, um Miceloti Lazer, um Laborígine Condacta, um Miceloti Lasa, um Tron Turbo, um Denorean, ou qualquer outro esportivo japonês? Do jeitinho que esses carros saem de suas fábricas, são capazes de atingir quatrocentos e trinta quilômetros por hora com o pé nas costas. O Miceloti Lazer atinge seiscentos e oitenta quilômetros por hora. O Tron Turbo vem com um turbo que o permite chegar aos quinhentos quilômetros, no mínimo. A velocidade do Condacta ainda não conseguiram medir, porque nenhum aparelho é capaz de fazê-lo. O Denorean opera prodígios, de acordo com um documentário sobre viagens no tempo que eu assisti.

— Nunca ouvi falar desses carros — respondeu Joe —, mas duvido que eles corram tanto.

— Se os modificar, não correm mesmo.

— Ora, mas não me preocuparia com isso. Não se pode correr muito, de qualquer jeito. É legal modificar o carro só para deixá-lo com mais estilo.

— Aí é que você estaria fazendo uma besteira, Joe! Os carros bons já saem da fábrica parecendo espaçonaves. Para que, então, alterá-los no visual?

— Não quero que o meu carro se pareça com uma espaçonave.

— Por que não? Você é algum tipo de idiota?

E, assim, foram os dois amigos conversando, por um bom tempo, sobre carros.

Capítulo 18

No qual Joe e Jimmy Galla conversam sobre mulheres.

Quando Jimmy Galla chegou a um ponto tal de ufania que os carros dos anos oitenta já estavam correndo a mais de mil e trezentos quilômetros por hora, sua loucura precisou contê-lo.

— Vamos, Jimmy — disse ela —, já basta de falar de carros. Lembre-se que você e Joe também precisam conversar sobre mulheres.

Jimmy Galla não discutiu, tanto mais porque ele mesmo era sua loucura. Para ele, além disso, as mulheres valiam tanto quanto os carros, como imaginava que era nos anos oitenta.

— E qual mulher, Joe — perguntou Jimmy —, você gostaria que fosse sua, para poder levar com você em seu carro?

— Vale se eu disser o nome de uma atriz?

— Claro que vale.

— Até se for uma atriz pornográfica?

— Certamente — assegurou Jimmy Galla.

— Então digo que gostaria de levar comigo no meu carro qualquer atriz pornográfica. Qualquer uma.

— Qualquer uma?

— Obviamente.

— Muito bem, então.

— E você, Jimmy, quem levaria ao seu lado no carro?

— Uma garota cheia de maquiagem, usando brincos gigantes e um vestido azul com ombreiras, o qual deixasse aparecer as pernas. Uma garota com o cabelo volumoso e armado, que fumasse com charme e calçasse saltos altos. É! Essa é a garota que eu levaria ao meu lado no carro!

Jimmy Galla terminou de falar e pôs-se a pintar em seus devaneios a mulher que descrevera, tão absorto nisso, que esqueceu-se de Joe e das demais coisas de que o mundo era e é composto.

— Parece uma prostituta dos anos oitenta — disse Joe, interrompendo-lhe os devaneios.

— Pois é uma! — Jimmy respondeu, com vigor. — Uma prostituta da década de noventa é que seria impossível de se levar em um carro!

Joe não compreendeu ao certo o que Jimmy Galla havia dito, mas riu mesmo assim, porque, para ele, tudo o que Jimmy dizia ou fazia era, com razão, motivo para tanto. Jimmy Galla aproveitou a ocasião do intervalo e, enquanto Joe ria, promoveu em si aquela transformação de espírito a qual sua loucura havia recomendado, a fim de que passasse a estar apaixonado e deixasse de falar vulgarmente sobre as mulheres, tal como é a mudança que os bons garotos sofrem nos filmes dos anos oitenta.

Fato é que essas mudanças levam semanas, meses ou anos e que, portanto, Jimmy, ao tentar sofrê-la em poucos segundos, poderia acabar malogrado. Como se verá, isso, porém, não aconteceu, pois Jimmy Galla, ou ao menos a sua loucura, sabia o que estava fazendo. Portanto, passou Jimmy a falar estas coisas, muito meditabundo:

— Na verdade, Joe, aquela não é a garota que eu gostaria de levar comigo em meu Miceloti Lazer.

— Quem é, então?

— É a Samantha.

— Você gosta dela? — Joe perguntou-lhe, surpreso.

— É. Gosto dela, sim — respondeu Jimmy Galla, esquecendo-se, na verdade, de tudo quanto sua loucura o orientara a dizer. — E não é porque ela é a garota mais popular do colégio ou porque ela é a chefe de torcida.

— O que você está fazendo? — sua loucura interrogou-lhe. — Não seja tão sincero.

Ao que Jimmy Galla, fazendo pouco caso da orientação, continuou:

— Sei que aqueles aos quais ela dá uma chance tornam-se lendas no colégio e ganham um lugar de destaque no livro de formatura, mas não imagine que é por causa disso que eu esteja interessado nela. Granjeei fama e popularidade e vi que essas coisas não são nada em comparação com o amor verdadeiro. O que me atrai na Samantha é a maneira displicente com que ela brinca no balanço e as roupas cor-de-rosa que usa, que mostram como ela é feliz e vive uma vida bonita, sempre encarando tudo com otimismo e solidariedade. Eu gosto da naturalidade das maneiras e do fácil sorriso dela. Enfim, gosto dela de verdade.

Joe ouviu a tudo atentamente e, emocionado, não conseguiu evitar que uma lágrima rolasse por seu rosto.

— Jimmy — disse ele —, eu também posso mudar a garota que quero levar comigo no meu carro?

— Claro.

— Quem eu quero mesmo levar comigo no meu carro , Jimmy, é aquela que você chama de Cindy.

Joe terminou de dizer essas coisas com alguma dificuldade, porque passou a chorar e soluçar muito enquanto as dizia.

— Vamos, Joe, não chore assim — disse Jimmy, consolando-o. — Cindy é uma ótima amiga minha e você é um ótimo amigo meu. Ambos são grandes pessoas. Vocês merecem um ao outro. Tenho certeza de que logo você a estará levando em seu carro modificado, se é carro modificado o que você realmente quer e ela é a garota que você realmente deseja.

— Sim — respondeu Joe, ainda muito emocionado — é ela quem eu desejo, mas não é um carro modificado que eu quero. Eu quero mesmo é um Miceloti Laza, novinho da fábrica, correndo a seus mil e tantos quilômetros por hora.

— Venha Joe e dê um abraço no seu velho amigo — disse-lhe Jimmy, sorrindo.

Os dois amigos se abraçaram e, terminando de fazer isso, notaram que haviam estado fora da sala durante toda uma aula porque o sinal tocara. Seguiram os dois, então, para a sala de aula.

Capítulo 19

Que conta como convenceram Jimmy Galla a ficar para o turno da tarde e que ele teve uma ideia.

Todos os bons amigos de Jimmy Galla e o próprio Jimmy, é claro, reunidos para a última aula, esta, ministrada pela Professora de Literatura, não tardou a acabar. Acontecido isso, Jimmy tomava já o rumo de casa, quando Joe, vendo-o ir embora, chamou-o.

— Ei, Jimmy, aonde você vai? — perguntou.

— Para casa.

— E não vai ficar aqui à tarde, estudando para o vestibular? Tem aula para o vestibular depois do almoço.

— Vestibular?

— Sim, para garantir um lugarzinho na faculdade.

Ao som da maldita palavra, Jimmy estremeceu. Essa palavra não é "lugarzinho", obviamente.

— Eu não quero ir para a faculdade! — vociferou Jimmy Galla. — Lá não há chefes de torcida. Tampouco há diversão ou bailes de formatura galantes. Não fico para a aula do vestibular nem se a rainha do Euro disco tentar me convencer a ficar.

— A Samantha vai ficar.

Ao que Jimmy retrucou:

— Não perco essa aula do vestibular nem se eu tiver que passar por cima do seu cadáver, seu desgraçado!

Jimmy havia mudado de ideia tão rapidamente, que Joe riu feito uma criança.

— Então vai vir para a aula? É daqui uma hora. Se você não tiver onde almoçar, coma alguma coisa comigo lá na cantina. Vou almoçar lá mesmo.

Jimmy Galla sequer percebeu o que Joe lhe dissera, pois havia se colocado logo a pensar nas aulas da tarde e o que cabia fazer nelas.

— O Tobby também vem! — considerou Jimmy Galla. — Ele não perderia qualquer motivo para estudar um pouco mais.

Ao que Joe tornou a perguntar se ele ia almoçar no próprio colégio. Jimmy, dessa vez ouvindo o amigo, respondeu-lhe:

— Desculpe-me, mas não posso de maneira alguma me demorar aqui sequer mais um minuto. Acaso você esqueceu que dia é hoje? Eu confesso que, com toda essa coisa de volta às aulas, havia me esquecido, o que, de qualquer forma, não é uma desculpa. Mas ainda há tempo! Aguarde-me, espero estar de volta em pouco mais de uma hora.

Jimmy Galla despediu-se do amigo e foi-se embora do colégio com grande pressa.

Capítulo 20

O qual diz respeito ao ônibus escolar que Jimmy Galla tomou.

Ora, não há como entender aqueles que duvidam de tudo quanto aconteceu ao Jimmy Galla. Que ele seja mesmo uma mentira se os ônibus escolares das comédias dos adolescentes não são muito semelhantes aos veículos que, na cidade em que vivia Jimmy Galla, levam as pessoas dos bairros à região central, onde o comércio é mais intenso. E era justamente para lá que Jimmy Galla tencionava ir, ao deixar o colégio depois de encerradas as aulas da manhã.

O que ele pretendia fazer naquele lugar contar-se-á ao seu tempo, porque foi coisa digna de relato tanto a sua ideia quanto o modo com que a executou. Aliás, conte-se primeiro qual foi a maneira com que Jimmy foi transportado ao centro da cidade, para onde estava rumando.

Portanto, ao andar Jimmy Galla distraído pela calçada, passava por um ponto de ônibus, quando um veículo amarelo, do tipo que vai ao centro da cidade, encostou próximo ao meio fio, junto ao ponto, cumprindo sua programação. Quando a porta da frente se abriu, fazendo um belo rangido, Jimmy assustou-se, mas sua loucura funcionou melhor do que a porta.

— Olha, Jimmy! — falou-lhe. — Está um pouco atrasado, mas, enfim, chegou!

Jimmy Galla olhou para o motorista do ônibus urbano e, é claro, logo reconheceu nele o motorista do ônibus escolar, porque conhecendo, obviamente, tanto os ônibus escolares quanto aqueles que levam ao centro, na cidade em que vivia, não se furtou a tomar um pelo outro. A cor dos dois ônibus absolve Jimmy Galla, e qualquer pessoa normal poderia mesmo fazer uma confusão desse tipo.

— Vai embarcar ou não? — perguntou o motorista, grosseiramente.

Jimmy Galla subiu no coletivo rindo e foi logo fazendo troça, imaginando que aquele motorista o levava ao colégio e o trazia para casa desde os primeiros anos de travessuras na escola, o que pode bem ser verdade.

— Ei, Pescoço — falou-lhe, chamando-o pelo carinhoso apelido que alguns garotos da sétima série haviam lhe dado —, o que você fez nas férias?

O motorista olhou para o cobrador e, balançando a cabeça negativamente, respondeu, com uma profunda mágoa:

— Vocês ficam aí aprontando nos terminais, não respeitam o nosso serviço e nem sabem quanto tempo ficamos com as férias vencidas. Já está fazendo quase dois anos e ainda não tirei minhas férias.

— Nem eu as minhas — completou o cobrador.

— Claro! — Jimmy Galla lhes disse, em tom de crítica. — Ao invés de descansar nas férias, vocês pegam esse lixo que chamam de ônibus e ficam carregando os nerds para cima e para baixo, para esses acampamentos de verão que eles fazem, nos quais não permitem a entrada de garotas. Parece que vocês têm medo de lhes dizer "não"! Nas próximas férias, quando eles vierem procurá-los para fretar o ônibus, digam-lhes que no último final de semana o ônibus foi usado para levar à praia um grupo de lindas garotas vestidas de biquíni, e que o cheiro delas ainda está por todo lugar. Das duas uma: ou eles desistirão na mesma hora, ou vocês conseguirão um valor absurdo pelo frete, para nunca mais trabalharem na vida. E eles ainda limparão o ônibus todo, por dentro e por fora.

O que esse piá idiota está dizendo?, pensaram os operadores do coletivo. Lá no fundo, duas garotas começaram a rir da cara de Jimmy Galla e das estúpidas maneiras com que ele procedia. Jimmy, ao perceber que elas estavam se divertindo , olhou bem para todos os passageiros do ônibus e o modo em que estavam dispostos, compreendendo, logo em seguida, qual era o verdadeiro motivo das gargalhadas das garotas.

— Com licença, senhores — pediu Jimmy Galla aos operadores, enquanto pagava sua passagem e passava pela catraca. — Parece-me que uma grande injustiça está sendo cometida lá nos últimos bancos.

Dirigindo-se até as garotas que riam ao fundo, chegando lá Jimmy Galla perguntou a elas:

— Como vocês conquistaram o direito de rir dos nerds?

E continuou, sem jamais ser interrompido:

— Ah é... Vocês ainda não conquistaram nada na vida. Eu posso rir e fazer piada de todos os nerds, porque aquele dentre eles que mais conquistou vitórias acontece de ser o próprio Tobby Trobogan, que é o melhor amigo de Jimmy Galla e hoje receberá uma genuína festa de aniversário, daquelas que vocês nunca tiveram, porque, esnobes e fúteis como são, estão cercadas de gente falsa e festas falsas.

As duas garotas, aos poucos, conforme Jimmy falava, diminuíam as risadas, até que silenciaram por completo, baixaram a cabeça e puseram-se a refletir em tudo quanto era verdade daquilo que estavam ouvindo. Não obstante, apontando para um rapaz que estava sentado não muito longe dali, Jimmy ainda falou a elas:

— Não sabem fazer uso nem mesmo da pouca beleza que possuem! Estão vendo aquele nerd ali? Hoje vocês duas estão rindo daquele pobre nerd, mas eu juro pelo Ítalo Disco que uma de vocês, senão as duas, vai se apaixonar perdidamente, em qualquer acampamento desses que estão por vir, por um nerd tão sujo e perebento quanto ele, se ainda vigoram em tais acampamentos as regras de amor dos anos oitenta. E é claro que vigoram.

O rapaz para quem Jimmy apontara encolheu-se no banco como que para proteger-se da loucura de Jimmy Galla. Dava para se dizer, pelo aspecto dele, que se tratava de um eletricista estagiário do tipo que trabalha em firma de equipamentos elétricos. É claro que ele não era um nerd, mas, de qualquer forma, um bisbilhoteiro, que estivera desde o início prestando atenção em tudo, perguntou ao Jimmy, um tanto confuso:

— Mas as garotas entram ou não entram nos acampamentos dos nerds?

Jimmy Galla, encolerizado, respondeu dessa maneira ao intrometido:

— Eu tenho um sermão para você também, se tornar a falar dos nerds com alguma outra ironia de mau gosto.

A pessoa imitou as duas garotas esnobes e baixou a cabeça. O ônibus seguia viagem.

Capítulo 21

Sobre o modo com que Jimmy Galla adquiriu o maravilhoso presente que tencionava dar ao amigo Tobby Trobogan.

Bem poderia Jimmy Galla ter passado o dia todo no ônibus escolar defendendo a bandeira dos nerds, mas, tivesse feito isso, teria incorrido em agravo contra o nerd por quem mais dedicava esforços, a saber, o próprio Tobby Trobogan, esquecendo-se do maravilhoso presente que devia a ele, conforme acusava a sua consciência.

Realmente, de acordo com o que dava a entender o que Jimmy Galla havia falado às garotas fúteis do coletivo, era mesmo o aniversário do Tobby Trobogan. Isso Jimmy havia decidido enquanto falava com Joe, pouco antes de ir-se do colégio. A agilidade com que a loucura de Jimmy trabalhava é tal qual se conta, sem exagerar-se ou atenuar nada. Tão logo surgira a oportunidade das aulas da tarde, Jimmy Galla pensara no aniversário do Tobby e, lembrando-se da data, lembrara também, logo em seguida, que dela se esquecera, de tal modo que sentiu um frio na barriga, que é o chamado "gélis". Decidira, então, correr com todas as suas energias, atrás do presente o qual deveria ter comprado com antecedência.

Portanto, após acontecer tudo quanto foi relatado dentro do ônibus coletivo, que era, na verdade, um ônibus escolar, Jimmy deu sinal de parada ao motorista e, com o queixo erguido, foi-se, certo de ter deixado no caminho uma maravilhosa lição. Fora do veículo, correu para a primeira loja popular que encontrou, dessas que existem na cidade em que Jimmy Galla vivia, as quais vendem artigos ao preço de uma unidade e noventa e nove da moeda local.

Ali, procurou por aquele artefato com o qual pretendia maravilhar o amigo Tobby e de fato o achou. Ao pensar novamente na surpresa que causaria ao Trobogan, ficou algum tempo sorrindo e imaginando.

— O Tobby vai ficar se perguntando se não é necessário ter uma autorização do governo para carregar consigo uma dessas — disse Jimmy para si mesmo, muito satisfeito.

No caixa da loja, ainda sorridente, pagou o produto com uma nota de dois reais, que tomava por uma de dois dólares, tanto exagerava o valor das coisas. Ao receber como troco, no entanto, uma bala de iogurte, ficou fora de si.

— Eu quero meu um centavo! Maldita bala de iogurte! — esbravejou diversas vezes.

Jogando ao ar a bala, deu nela um pontapé de tal maneira, que ela voou para fora da loja e atingiu um senhor que passava pela calçada, o qual, mesmo assim, continuou seu caminho, para sorte de Jimmy Galla.

— Me deem o meu centavo! — insistiu.

Tanto Jimmy Galla reclamou seu centavo, que lhe deram a moeda. Pegou então seu centavo e sua aquisição e foi embora. Na saída da loja, pegou do chão a bala da qual se livrara e, desembrulhando-a, levou-a à boca.

— Adoro balas de iogurte! — disse.

Chupando a bala de iogurte, voltou então para o colégio.

Capítulo 22

Da escabrosa conferência que se estabeleceu durante a ausência de Jimmy Galla.

Após ter deixado o amigo Jimmy, foi Joe realizar sua refeição, tal como havia dito que faria. Comprou um risole e, comendo-o, saiu a andar pelas dependências do colégio, para ver no que isso ia dar. Deu que encontrou no corredor, à porta da sala, Cindy, Samantha e a Senhorita Feimer. Estavam lá desde o fim da aula, a fofocar sobre Jimmy Galla, e, tão absortas iam nisso, que sequer notaram a chegada de Joe e seu risole.

— Ele fala comigo como se fôssemos amigos de infância — dizia Cindy.

— Vocês não vão almoçar? — perguntou-lhes Joe.

Samantha respondeu que estavam conversando sobre Jimmy.

— O Jimmy é um grande cara — tornou Joe. — Eu sei que é só o segundo dia dele aqui, mas já o considero meu amigo.

A Professora de Literatura, com os olhos brilhando, ficou a considerar quão maravilhosos eram a graça e carisma de Jimmy Galla. *Em uma semana, todos neste colégio estarão afeitos a ele,* pensava ela. Até parecia querer entregar sua condição enamorada, mas não o fez.

Ele é ridículo — disse Cindy —, as roupas dele são ridículas e as coisas que diz são todas ridículas.

Com isso, a Professora voltou a ser provada, porque a cólera a tomou de tal forma, que pensou em dar um tapa na sua aluna, o que não deixaria dúvidas de seu amor por Jimmy. Como, inclusive, isso lhe acudisse à cabeça, controlou-se. Samantha também não gostou do que Cindy dissera.

— Não seja rude — disse à amiga. — Ele é legal.

— É um doido.

Samantha, então, entristecendo-se, baixou a cabeça, porque já sabia que, de fato, Jimmy era louco.

— Isso é verdade — disse para a Professora —, e ele não está registrado como aluno.

No recreio, Cindy e Samantha haviam se deslocado até a secretaria, a fim de se informar a respeito de Jimmy. Tanto foi fácil para elas saber da falsa condição de Jimmy Galla quanto foi difícil para a Professora aceitá-la. Samantha contou tudo ao Joe e à Mestra de Literatura. Esta, muito assustada, disse que precisava almoçar, como desculpa para sair dali, porque percebera que estava a ponto de desabar em lágrimas. Seguiu para o banheiro, onde chorou muito, imaginando que nunca mais tornaria a ver Jimmy, agora que Samantha e Cindy sabiam da situação dele. Joe ficou sem saber o que dizer e, triste, jogou fora o que restava do seu risole.

— O beijo na Professora, aquilo que ele disse para o Professor de História, os nomes que inventa, as histórias que conta... — Samantha dizia tristemente. — Ele é completamente louco. Não sei o que está fazendo aqui no nosso colégio.

— A Professora vai contar tudo para o Diretor e não vamos mais vê-lo — disse Joe, quase chorando. — Ele gostava de você, Samantha.

Samantha desabou em lágrimas e Joe a imitou. Cindy, por sua vez, pôs-se a rir dos dois.

Capítulo 23

Do presente de aniversário que Jimmy Galla deu a Tobby Trobogan.

Como prometido, Jimmy Galla voltou ao colégio bem a tempo de entrar para a primeira aula da tarde. Que se conte logo novas obras suas, a fim de que o capítulo anterior, sem dúvida o mais horroroso até aqui, por não conter nenhuma grande realização de Jimmy Galla, seja esquecido. Conte-se, então, como se deu a homenagem que Jimmy fez ao seu amigo Tobby Trobogan.

Quando a aula estava para começar e o Professor de Geografia já não se aguentava de vontade de doutrinar sobre a Cidadania, pois sequer passava pela sua cabeça ministrar aulas de qualquer outro assunto, Jimmy começou a cantar a cantilena das festas de aniversário, pedindo a Joe, por meio de gestos, que também cantasse. O amigo não o desapontou, embora estivesse triste. Samantha, para ajudá-los, começou a bater palmas, o que encorajou o resto da turma a também participar. Assim foram cantando, sem saber a quem o faziam, até que, encerrada a cantiga, Jimmy Galla levantou-se e disse:

— Professor, vá embora daqui, porque você não dará sua aula. Passaremos toda ela celebrando o aniversário do nosso amigo Tobby.

— Quem é Tobby? — perguntou o Professor Magrelo. — Ora, e que importa? A aula de hoje é importantíssima, porque é sobre a Cidadania. Chega de festa e vamos para a aula.

Sem considerar o perigo que corria, o magricela tomou na mão um giz e pôs-se a escrever com ele no quadro negro. Aquela garota que tinha um nariz adunco e venerava o professor magrelo abriu seu caderno e, em uma página nova, fez um organizado cabeçalho.

Embaixo dele, começou a escrever, com todo o capricho, a palavra Cidadania, pintando cada letra com um lápis de cor diferente. Aos poucos, conforme cada letra ia se colorindo, os alunos iam retornando quietos e cabisbaixos para os seus lugares, conformados com o estudo da Cidadania e todas as cores das suas letras.

Havia tomado lugar ali algum horrendo, perverso e atual sortilégio de ventriloquia, desses que nada tem em comum com os bonecos ventríloquos dos filmes dos anos oitenta, que sempre foram muito honestos e, conscientes de suas fisionomias horríveis, lutaram para acrescentar às suas histórias lições de dignidade, respeito, lealdade e nobreza de caráter. Jimmy Galla, seja como for, pôs-se a olhar incrédulo para o modo macabro com que o feitiço cidadão havia levado cada colega para a sua carteira e acabado com a festa de aniversário do Tobby. Depois de colorida, enfim, a totalidade das letras, cada aluno abriu sua apostila na parte da Cidadania. Jimmy, obviamente, perdeu o bom senso.

— Ei! — gritou ele para a turma. — Qual é o problema de vocês? Querem que a festa do Tobby acabe assim?

Como todos o ignorassem, Jimmy virou-se para o Professor e, recebendo dele uma atenção ainda menor, irritou-se a tal ponto que subiu no tablado e soltou um cuspe no quadro negro, bem no meio do título da aula que o professor de geografia escrevera. É desnecessário contar que a saliva foi escorrer justamente no "n" da Cidadania.

— Eu quero festejar o aniversário do meu amigo! — insistiu Jimmy Galla.

— Você cuspiu no quadro negro! — disse, furioso, o magricela. — Você acha que isso é Cidadania? Você já passou dos limites.

O Professor saiu da sala para ir queixar-se com os pedagogos, enquanto Jimmy sorria.

— Vocês viram? — disse aos colegas. — Não haverá aula. Vamos festejar o aniversário do Tobby.

Foi então Jimmy Galla até o amigo aniversariante e deu-lhe os parabéns, entregando-o, em seguida, o presente. Joe, fascinado com a obstinação de Jimmy, levantou-se e também cumprimentou o Trobogan, o qual jamais havia recebido um presente de um colega de classe.

— Abra! — disse Jimmy Galla ao amigo.

Tobby obedeceu e ficou maravilhado com o que encontrou dentro da embalagem. É verdade, todavia, que estava emocionado ao ponto de sequer saber dizer o que é que tinha em mãos, porque nunca antes recebera um presente de um amigo, como já se contou.

— O que é? — perguntou.

— É um revólver de laser! — Jimmy respondeu. — Aposto que você nem sabia que eles já estavam à venda por aí.

Capítulo 24

Em que Jimmy Galla conta ao amigo Trobogan quais eram os maravilhosos atributos do Revólver de Laser e faz outras grandiosas coisas.

Tão poderoso e misterioso era o laser nos anos oitenta, que Jimmy Galla o tomava por algo como uma divindade. Por isso, encomendou-se à sua própria loucura, a fim de que, à frente do amigo, que tinha em mãos o sagrado artefato, pudesse ter engenho suficiente para inventar ótimas patranhas sobre o laser e atribuir a ele fascinantes propriedades.

— Tal é a tecnologia do laser — disse Jimmy, enfim, ao amigo Trobogan —, que a humanidade mal consegue explicar como conseguiu desenvolvê-lo. Os atributos e efeitos do laser são os mais variados. Li em uma conceituada revista de Ciência, que certa vez pegaram três vacas gêmeas e, em cada uma delas, deram um tiro de laser. O que se constatou, na experiência, foi que a primeira explodiu de tal forma que suas tripas saíram rodopiando. A segunda, por sua vez, passou a dar estranhas cabriolas, como se estivesse possuída. Já a terceira nem explodiu e nem ficou doida a dar giros. Ao invés disso, ficou grávida e, muito antes do tempo, deu à luz. Acreditem ou não, o animal que ela pariu sequer era de sua espécie. Acho que o laser funciona assim tão estranhamente nos seres deste planeta justamente porque, ao invés de ter sido feito para atingir os daqui, foi desenvolvido para matar alienígenas, cuja composição é totalmente diferente da dos terrestres. De qualquer forma, tome cuidado, Tobby, com o que você vai fazer com esse revólver de laser.

Joe pegou em mãos o brinquedo e pôs-se a analisá-lo.

— Parece uma arma de plástico qualquer — disse ele, ao fim de sua análise.

— Não seja besta, Joe — respondeu Jimmy. — É um revólver de laser. Deixe-me provar.

Jimmy Galla tomou o revólver e o apontou para a garota da voz fanhosa, a qual estava a escrever coisas da Cidadania em seu caderno, não obstante a ausência do professor.

— Se ela explodir, é uma vaca ou um alienígena — disse Jimmy. — Se ficar grávida ou louca, é uma vaca.

E, sem que ninguém o impedisse, Jimmy Galla apertou o gatilho do revólver de laser, fazendo com que um barulhinho irritante soasse e uma luzinha vermelha aparecesse na testa da garota, a qual se assustou de tal forma que soltou um grito bizarro e saiu correndo para fora da sala.

— Jurava que era um alienígena — disse Jimmy Galla, rindo bastante —, mas é uma vaca.

Joe riu muito e outros o imitaram, lembrando-se de todas as vezes em que a garota fanha os havia dedurado aos pedagogos, ofendida com atitudes que julgara terem sido praticadas em desacordo com a Cidadania.

— Ficou completamente louca — continuou Jimmy Galla —, e sabe lá se não ficou grávida também.

Nessas práticas ficaram por um bom tempo Jimmy e seus amigos, rindo e fazendo galhofas. Tobby, muito feliz com o presente e a festa de aniversário que ganhara, deu por Jimmy Galla o melhor amigo que já tivera. Tão felizes, aliás, estavam todos, que se esqueceram da problemática condição de Jimmy.

Alguns meses depois, a garota do nariz adunco e da voz fanhosa acabaria dando à luz ao seu primeiro filho. O garotinho era tão esquisito, que ninguém acreditou que ele pudesse ser da espécie humana. Fique bem claro, todavia, que o laser, no caso de ter operado um prodígio nessa história, operou apenas o do enlouquecimento, porque a gravidez da garota foi um prodígio realizado pelo Professor de Geografia. E não teria adiantado de nada se ele, levado por algum perverso ideário da Cidadania, tivesse se negado a assumir a criança. A curvatura do nariz do pai, comparada à do filho, era muito suficiente para que qualquer juiz fizesse justiça.

Capítulo 25

Do bolo de aniversário de Tobby Trobogan e outras coisas boas.

Lá estavam Jimmy Galla e os seus muitos amigos a contar piadas e disparar tiros de laser, com o propósito de celebrar o aniversário de Tobby Trobogan, que não estava de aniversário, mas fizera questão de não se importar com isso. Lembrou ali Jimmy Galla que, para homenagear Tobby por completo, precisava insultar o modo dedicado com que ele procedia nos estudos, porque, fazendo assim, estaria realizando outra excelente imitação dos filmes dos anos oitenta. Para Jimmy, pensar em fazer e executar era tudo a um só tempo, de maneira tal que ele não tardou a dizer estas coisas para seus amigos.

— O nosso amigo Tobby é, com certeza, um cara e tanto, mas é tão nerd que uma vez o pegaram totalmente nu no banheiro com um livro de matemática. O que estava acontecendo eu não vou dizer, porque, felizmente, nunca soube o que era, embora alguma coisa me diga que ele estava mesmo resolvendo exercícios.

Ao final das risadas, Jimmy continuou desta forma, falando, dessa vez, diretamente

ao amigo Trobogan:

— Ei, Tobby! Tudo bem se você for nerd e tudo bem se você for gay, mas não entendo a sua ideia de que ser nerd implica em ser gay.

Tobby ficou sem jeito, mas Jimmy prosseguiu mesmo assim.

— Uma vez eu arranjei uma garota para ele e o convenci a sair com ela — contou à turma. — Quando os dois estavam finalmente a sós dentro do carro dela e ela, sentindo-se bem à vontade, começou a tirar a roupa, o Tobby pediu que ela o levasse logo para casa, porque tinha acabado de chegar, dizia ele, na solução de uma dificílima questão de Matemática a qual julgara impossível de resolver e precisava anotar tudo logo em um papel, antes que se esquecesse. Vocês imaginem a garota tirando a roupa e ele resolvendo, em pensamento, o exercício de Matemática!

Jimmy acrescentou:

— Era uma tremenda gata!

— Que imbecil! — gritou Joe. — Ele nem merece um bolo de aniversário.

Jimmy Galla ficou a pensar nisso e, é claro, teve uma ideia estupenda. Dizendo aos amigos que voltaria em um piscar de olhos, saiu da sala e dirigiu-se ao refeitório, onde encontrou gente trabalhando.

— Vocês têm um bolo aí guardado em algum lugar? — perguntou Jimmy a um funcionário.

Ao que o empregado respondeu que o único bolo que havia na geladeira fora encomendado para a festinha que os professores pretendiam fazer ao fim do expediente, com o propósito de comemorar os aniversários do Professor de História e do Diretor, os quais completavam anos naquele dia. Jimmy não achou palavras para expressar o quanto estava feliz de saber tudo isso, tanto que não disse nada e se foi. Tão logo viu, entretanto, que o funcionário deixava o refeitório para fazer qualquer outra coisa em qualquer outro lugar, meteu-se cozinha adentro e foi logo abrindo a geladeira, dentro da qual encontrou um belíssimo bolo.

— Se eu não impedir que este bolo seja desperdiçado na ruim comemoração a que está destinado, não me chamo Jimmy Galla! — disse Jimmy, de si para consigo. — Mas também não teria graça alguma, contudo, se eu levasse para a sala o bolo assim como está.

A loucura de Jimmy Galla lhe deu razão em tudo quanto dissera, acrescentando que não seria nada correto e nada dos anos oitenta, o que considerava ser a mesma coisa, não estragar o bolo antes de levá-lo à boca do Trobogan.

— Dê um jeito, Jimmy — aconselhou —, de deteriorar terrivelmente o bolo e fazer com que Tobby o coma mesmo assim.

Quando se pôs a pensar em como o faria, sua loucura lhe sugeriu que prestasse atenção nos sons em sua volta.

— Só ouço o barulho da geladeira e o das construções lá fora — Jimmy analisou.

Veio-lhe então, subitamente, a luz da compreensão e, com o bolo em mãos, foi até onde realizavam as construções, vasculhando por toda parte. Não tardou um segundo e achou o que procurava: a caixa de argamassa. Tomou uma espátula que achara no chão e, com ela, pôs-se a remover toda a cobertura do bolo. Terminado isso, cobriu o bolo com massa corrida, de tal forma que qualquer um diria que aquele era o mesmo bolo de outrora, tanto a massa corrida se assemelha ao chantilly.

Ora, seria desnecessário dizer que Jimmy Galla foi tão bem-sucedido em seu intento quanto logrou ver Trobogan cuspir cimento fresco à torto e à direito, para o delírio de Joe, que, achando muita graça na brincadeira, repetia assim: "ah, esse bolo ele merece".

A mesma graça, porém, não achou Samantha, que voltou a se entristecer muito com a loucura de Jimmy, a tal ponto que já não tinha esperanças na sua permanência na escola. Cindy, com a burla da argamassa, a qual julgou, erradamente, de uma ótima maldade, passou a ver Jimmy Galla com outros olhos, tanto mais porque Jimmy havia atrapalhado as atividades de toda uma aula e isso ela tomou por uma ótima realização, além de muito engraçada.

Capítulo 26

De como se encerrou o segundo dia de aulas.

Tudo quanto se contou no capítulo anterior acontecera durante o espaço de uma aula, que teria sido sobre a Cidadania, tivesse mesmo sido realizada. Ora, contou-se que o Professor de Geografia saíra da sala tencionando delatar a ousadia e indisciplina de Jimmy Galla. Quem estiver achando que não parece natural a maneira com que a sorte beneficiava Jimmy, terá agora ainda mais motivos para continuar achando, porque algo aconteceu enquanto Jimmy Galla festejava o aniversário de Tobby.

Estando o Professor de Geografia em vias de realizar o que desejava, encontrou no corredor a Professora de Literatura, que lhe perguntou a razão do alvoroço em que estava. Contado o que se passara, soube a Professora convencê-lo a não entregar Jimmy Galla, com razões que apelavam à Cidadania, de tal forma que o imbecil do Professor de Geografia, ao desistir de delatar Jimmy, julgou-se um ótimo cidadão. A Professora de Literatura, por sua vez, julgava-se ainda a mais desafortunada das mulheres, porque imaginava estar longe de livrar Jimmy Galla de todo mal. *O Professor de Geografia,* pensava ela, consigo, *não haveria de causar mais problemas, porém Samantha, Cindy e Joe poderiam fazê-lo.*

Depois de muito considerar isso, tomou a resolução de falar-lhes, pedindo, ou até implorando, que não dissessem nada a ninguém a respeito da condição de Jimmy Galla. Dessa forma, chamou-os a um canto, após encerrar sua aula, que começara ao fim da de Geografia, a qual, é verdade, não existiu. Muito se assustaram com o pedido, pois antes consideravam que a própria Professora é quem entregaria Jimmy Galla.

— Da minha parte — disse Joe —, não vou contar nada, porque o Jimmy é meu amigo.

Samantha deu votos de que faria o mesmo e Cindy, para espanto de quem a ouviu, disse que também não pretendia contar coisa alguma. Todos ficaram satisfeitos com o acordo e seus ânimos subiram tanto, que não conseguiram deixar de se abraçar. Os quatro amavam Jimmy Galla, inclusive Cindy, que sofrera uma poderosa transformação nos sentimentos.

Passaram as horas e, com elas, todas as aulas da tarde, sem que nada mais digno de relato tomasse lugar. Foi a tarde e veio a noite. Despediram-se os amigos e cada qual seguiu para sua casa. Jimmy Galla resolveu ir andando, pois, ao notar que a noite estava linda, batera-lhe uma vontade de contemplá-la. Tal desejo, que ninguém sente mais hoje em dia, era muito comum na década de oitenta.

PARTE 3

Do terceiro dia de Jimmy Galla

Capítulo 1

De Jimmy Galla e das luzes da cidade.

Ora, tão bom foi o segundo dia de aulas, que este livro seria melhor se só tratasse das coisas que Jimmy Galla fez e disse naquele dia. Como, no entanto, todas as babaquices de Jimmy não coubessem em um só dia de aulas, haja vista quantas tolices eram, sua loucura tratava de agendar cada babaquice para o seu dia, de tal modo que quem quer que tivesse escrito a maravilhosa história de Jimmy Galla não poderia deixar de olhar com carinho para cada dia em que ele viveu. Fique o livro ruim, mas sejam contadas todas as realizações de Jimmy Galla, uma a uma, imparcialmente.

Ademais, contava-se que Jimmy Galla, após o fim da aula, havia decidido ir caminhando até sua casa, de tal forma que o período de aulas estava encerrado, mas o dia ainda não, tanto mais porque era uma longa caminhada a que Jimmy pretendia empreender. Sendo, inclusive, já noite, pare de ler este livro quem o estiver lendo, a fim de tentar imaginar o que passou pela cabeça de Jimmy Galla quando se viu caminhando sozinho pelas ruas da cidade. Não deu outra. Tantas foram as músicas dos anos oitenta que acudiram à sua cabeça, que pareciam vozes lhe dando conselhos. Vinham todas bem a propósito.

— Você, Jimmy Galla — diziam-lhe —, é um homem da cidade, um homem das ruas, e o coração das ruas da cidade está batendo, porque é noite. Você vive entre as criaturas da noite, abaixo das luzes de neon, que transformam a escuridão em dia. Nada esconde a cor das luzes que brilham. Meta-se noite adentro,

Jimmy, no calor da meia-noite e, uma vez que você precisa acreditar em algo, acredite que esta noite nunca vai acabar.*

E tantas dessas e de outras coisas dos anos oitenta disseram a Jimmy Galla, que ele começou, nas quietas ruas de bairro em que então andava, a ouvir muitas buzinas de carros e sirenes de ambulâncias e a ver luzes de neon por toda parte, mais convicto do que nunca de estar nos anos oitenta.

Guiado por sua loucura, caminhou em direção ao centro da cidade e, após pouco mais de uma hora, logrou chegar até lá, onde encontrou tantos carros reais, que pôde exagerar ainda mais a barulheira de buzinas e sirenes que julgava ouvir, porque algumas passou a escutar de verdade, embora, e isso também é bem verdade, a maioria dos veículos fosse de hoje em dia. Tantas, por seus turnos, eram as pessoas andando pelas ruas, que, triplicadas em número pela compreensão desequilibrada de Jimmy Galla, parecia a ele um formigueiro.

Acreditou ver passando por ele a própria Lana Brauligan, tanto as letras das músicas dos anos oitenta, em sua cabeça, enchiam a noite de magia. Lamuel Rishei acenou-lhe de lá e, de acolá, Pilter Cerbera também acenou. Michael Cojackso passou pela rua dirigindo um Caston Martini Billydog e, ao seu lado, no banco do carona, estava seu xará cantor de Ítalo Disco, Michael Fortuna. Jimmy Galla sequer percebeu que eles buzinaram, mas, em sua imaginação, soube muito bem que eles passaram por ali.

Tudo que Jimmy via, ouvia e cheirava era dos anos oitenta. Andava pela calçada com tamanha afetação, que parecia sentir que estava em um vídeo da década.

* Glenn Frey - You belong to the city, 1985; Lionel Richie - Running with the night, 1983; Raf - Self Control, 1984; Joe Jackson - Steppin' out, 1982.

Capítulo 2

Que conta como Jimmy Galla se vestiu, bem como outras coisas que fez, na noite que julgava ser mágica.

Além das luzes de Neon, Jimmy Galla via táxis amarelos por toda parte. Mesmo assim, sua loucura sentiu que algo ainda estava em desacordo com as noites dos anos oitenta, a saber, o estilo de Jimmy. Ela constatou que lhe faltava um paletó e um cigarro, os quais, acrescentados à calça jeans e à camiseta branca sem estampa que já tinha, deixá-lo-iam digno de andar orgulhoso em uma noite daquelas.

Na primeira lanchonete que achou, Jimmy foi logo se metendo e pedindo um cigarro, tão amaneirado e confiante de si que causava espanto vê-lo. Isso se deu assim por que Jimmy Galla, ciente dos seus dezessete anos, imaginava que o único modo de enganar o vendedor era mostrando autoconfiança. É também verdade, entretanto, que tudo quanto Jimmy fizesse ou falasse não soaria natural, quer estivesse ele a realizar um logro, quer estivesse ele sendo quem era.

Seja como for, a afetação de Jimmy Galla enganou muito bem o vendedor da padaria. Ou isso, ou o vendedor notou que Jimmy já estava com seus mais de vinte anos. Como o grande burlador deste impressionante livro é Jimmy Galla, conte-se que o que realmente aconteceu foi que ele enganou o senhor calvo que lá era o vendedor. Já devidamente ludibriado, ele, por sua vez, perguntou a Jimmy:

— É um maço de cigarros que você disse que quer?

— Eu disse "um cigarro", seu pouca-telha — Jimmy Galla respondeu-lhe, falando com o canto da boca e rindo-se.

— Desculpe — tornou o vendedor —, não entendi.

Ao que Jimmy respondeu, dizendo claramente, que queria um cigarro só.

Desse modo, comprou Jimmy enfim o seu cigarro e, com ele na boca, saiu dali sem fazer questão de acendê-lo, porque achava que o cigarro apagado, com a vantagem de ter maior durabilidade, ostentava tanto estilo quanto o cigarro aceso. E Jimmy Galla, ao invés de ser viciado em tabaco, era viciado em estilo. A distância que ele mantinha do fumo, diga-se de passagem, não tinha nada que ver com a Cidadania. Aliás, Jimmy Galla prezava por sua saliva cristalina, porque com ela, e não com um escarro amarelento, tencionava cuspir nas coisas exageradas da Cidadania. Com o cigarro, seja como for, faltava a Jimmy apenas o paletó.

— Quando eu estiver com o meu paletó — explicou Jimmy Galla a si mesmo —, estarei pronto para me meter em alguma discoteca.

Portanto, tal qual fizera com a primeira padaria, fez Jimmy com a primeira loja de roupas. Uma moça muito bonita o atendeu e, enquanto ela o ajudava a escolher o melhor paletó, Jimmy Galla inventou de lançar a ela um galanteio.

— Se você não estivesse de expediente — disse Jimmy Galla —, eu a convidaria para ir comigo à danceteria, porque, saindo daqui, irei direto para lá.

Tão pouco satisfeita ficou a demência de Jimmy com o que ele dissera, que foi logo lhe falando estas coisas:

— O que você está dizendo? Acerte esse galanteio, Jimmy Galla. Torne-o mais digno da década em que você vive e de quem você é. O que a impede de acompanhá-lo? O trabalho? Nunca mais seja tão tolo.

Jimmy logo caiu em si.

— Não! Não importa que você esteja de expediente! — corrigiu. — Largue tudo isso e venha comigo, garota. Venha, garota bonita, e dance comigo a noite inteira. Só uma noite! Deixe por aqui seus problemas e dê uma chance a si mesma! A noite lá fora está carregada de magia.

Não obstante esse discurso muito soasse como uma letra de Ítalo Disco, a garota colocou um paletó qualquer nas mãos de Jimmy, indicou-lhe onde era o caixa e foi embora sem dizer nada. A loucura de Jimmy disse-lhe que deveria pagar logo o paletó e ir-se dali sem fazer caso ou chatear-se, argumentando, com citações de músicas dos anos oitenta, que seria tolice irritar-se com uma garota presa em si mesma e indisposta a se libertar. Jimmy Galla obedeceu e se foi, mas, à entrada da loja, enquanto terminava de vestir seu novo paletó, virou-se para suspirar pela garota, porque sentia muita pena dela.

Capítulo 3

Em que Jimmy Galla rouba um manequim, tendo em mente cumprir mais tarde sua maior e melhor imitação dos anos oitenta.

Enquanto Jimmy Galla dizia a si mesmo que a garota da loja desperdiçara a chance da vida dela, deu com os olhos na vitrine da loja, atrás da qual um garboso manequim realizava suas atividades. Tão logo Jimmy Galla o viu, teve aquela que foi, sem dúvida, sua maior e melhor ideia. Como, a fim de executar essa ideia maravilhosa, precisasse permanentemente do boneco, não hesitou em roubá-lo e o fez desta forma: retornou à loja, pôs o boneco debaixo do braço e se mandou, sem que ninguém reparasse no crime. Saiu Jimmy andando tranquilamente e, na segunda esquina, ao ouvir os queixumes de um andrajoso mendigo que ali estava, decidiu dar-lhe os trajes do manequim, tanto mais porque eles eram dispensáveis aos seus planos. O vadio agradeceu, vestiu-se com as novas roupas e desapareceu.

Com essa nova situação, Jimmy Galla desistira da ida à danceteria. Sua loucura, sempre muito razoável, já havia observado, mesmo antes de dar a Jimmy a ótima ideia a qual se contará, que a danceteria não era um bom plano. Não havendo mais danceterias no mundo, considerou que precisaria enganar Jimmy Galla, levando-o a uma casa de shows, na qual o faria julgar estar em uma danceteria, ou seja, precisaria fazer Jimmy Galla escutar música dos anos oitenta em música de hoje em dia, o que seria impossível. Uma loucura capaz de semelhante feito só poderia ser fruto de coisa má, e a loucura de Jimmy Galla era, ao contrário, muito bondosa, tal como demonstrou, pelo menos, o caso do mendigo andrajoso.

Seja como for, Jimmy, todo extravagante, caminhou até fora do centro da cidade, o cigarro na boca sempre apagado e o manequim debaixo do braço. Aproveitou muito bem a noite, obrigando-se a imaginar ouvir sirenes de ambulâncias e vozerio de gente e ver táxis amarelos e luzes de neon, tal como se estivesse mesmo nos anos oitenta em uma grande cidade.

Ao cruzar inopinadamente uma larga rua, quase foi atropelado por um daqueles táxis amarelos, cujo motorista, para evitar o desastre, precisou frear bruscamente. Jimmy Galla, com o propósito de fazer uma rápida imitação dos anos oitenta, irritou-se com o taxista e deu um soco no capô do veículo. Depois julgou ver no banco de trás deste uma bela loira, que o fitou de tal forma, que o fez desejar estar usando óculos escuros[*]. Tanto o desejou, inclusive, que comprou um. Aliás, sabe-se que há músicas dos anos oitenta que orientam que se use óculos escuros à noite.

Assim seguiu Jimmy Galla até sua casa, aonde chegou já bem tarde da noite, quando a magia no ar ainda estava forte, conforme imaginava.

* Glenn Frey - You belong to the city, 1985.

Capítulo 4

Que conta como os pais de Jimmy Galla novamente se orgulharam do filho, o qual, a saber, era o próprio Jimmy Galla.

Tão logo Jimmy Galla entrou em casa, vieram-lhe ao encontro seus pais.

— Por que você chegou assim tão tarde em casa? — sua mãe perguntou-lhe.

Jimmy chegara em casa esperando encontrar os pais dormindo e assustou-se ao vê-los ali à sua frente, mas, tão rápido quanto veio, o susto se foi, porque sua loucura o acudiu com grande pressa.

— Ora — disse-lhe ela —, não há motivo para susto, desespero ou embaraço. Quer falem eles de como te criaram, quer de como trabalham para o seu sustento, uma só é a maneira certa de reagir, tal qual reagiria Féron Bilets. No que toca ao lidar com os pais, ninguém foi, nem será, tão bom quanto ele. Pergunte a si mesmo: "o que faria Féron Bilets em uma situação dessas?". Eu, que sou você, respondo: Féron, mostrando-se profundamente envergonhado, vestiria o rosto mais sublime que pudesse e contaria aos pais uma tal patranha, que eles não só o compreenderiam e perdoariam, como também ficariam muito orgulhosos de tê-lo como filho. Ademais, bom será que, desde já, seja seu espírito o de Féron Bilets, porquanto reservo a você uma aventura na qual o seu dever será se comportar como se fosse o próprio. Quanto à patranha a se contar...

E ela contou a Jimmy Galla a história com a qual deveria enganar seus pais. Jimmy gostou muito do que ouviu e, seguindo todos os conselhos que recebera do seu entendimento tortuoso, disse-lhes:

— Eu fico pensando como o senhor e a senhora, ao ter-me como filho, devem estar, com justiça, aborrecidos. Mais aborrecidos ainda ficarão, é verdade, quando eu contar porque cheguei assim tão tarde em casa.

Pediram a Jimmy que, mesmo assim, contasse, ao que ele aquiesceu, mostrando-se envergonhado.

— O Professor de Geografia lá da escola — começou Jimmy Galla — criou um projeto que chama-se "Projeto da Cidadania". Ele nos explicou que o objetivo desse projeto é a realização de serviços de caridade e assistência social. Ao final da explicação, ele perguntou: "quem quer embarcar nessa"? Eu decidi ser um voluntário do Projeto da Cidadania e, por isso, permaneci no colégio após a aula. Passamos a tarde realizando atividades de caridade e estava sendo tão gratificante, que acabamos nos metendo noite adentro nessas atividades. Eu sinto muito, pai. Eu sinto muito, mãe.

Jimmy, enquanto explicava tudo, tinha estampado no rosto um semblante tão singelo quanto o modo com que falava. O rostinho e a história, juntos, teriam causado grande comoção nos pais de Jimmy Galla, não tivesse Jimmy terminado o segundo grau fazia já algum tempo.

— De que escola você está falando? — perguntaram-lhe.

Quando Jimmy estava a ponto de responder, emendaram mais duas perguntas, a saber, "o que significa esse cigarro na sua boca?" e "o que, por qualquer coisa, é esse manequim debaixo do braço?". Jimmy Galla explicou:

— É que o Projeto da Cidadania tem também o objetivo de alertar as pessoas sobre os malefícios do fumo e ajudar quem quer parar de fumar. Nós dedicamos, hoje à tarde, parte do nosso tempo nisso. Na rua mesmo, fizemos uma encenação teatral na qual mostrávamos que fumar é ruim. Eu usei, nessa peça de teatro, este cigarro e este manequim, os quais o Professor de Geografia me pediu para guardar, porque encenaremos mais vezes, em outros lugares, a peça de teatro.

Os pais ficaram confusos com tudo quanto disse o filho. Acrescente-se que estavam já cansados dos trabalhos do dia e era tarde.

Por isso e isto, disseram a Jimmy que, pela manhã, voltariam a conversar. Em seguida, encaminharam-se ao leito. Jimmy Galla fez o mesmo, crente de que se saíra muito bem na inesperada entrevista com seus pais.

Vale lembrar que, em tempos gloriosos, em que muitos jovens foram íntegros, felizes, carismáticos, corajosos, ponderados e sinceros ao mesmo tempo, Féron Bilets foi o mais íntegro, feliz, carismático, corajoso, ponderado e sincero de todos.

Capítulo 5

Que explica como Jimmy Galla reencontrou Mestre Mijiro.

Féron Bilets ficaria muito orgulhoso de Jimmy Galla, soubesse ele do ótimo comportamento com que procedeu. Na verdade, é bem capaz que saiba.

Porém, ora, esqueça-se isso e conte-se logo que Jimmy Galla adormeceu e, assim que o fez, viu-se em uma sala em cujo chão estava pintado um enorme círculo vermelho, dentro do qual estavam entalhadas várias inscrições em línguas orientais, cada uma delas, imaginava Jimmy, simbolizando o Karatê.

Ao colocar-se Jimmy Galla sobre o grande círculo, uma porta de correr, instalada junto aos fundos do lugar, abriu-se sozinha, como que capaz de decidir seu próprio destino, autorizada por uma energia vital de magnetismo. Jimmy assustou-se da mesma maneira com que se assombrou Pilter Cerbera, quando se afigurou a ele, naquele mesmo recinto, o fenômeno da porta magnetizada, exceto que Jimmy Galla pisou no cadarço desamarrado e foi lançado ao chão. E, de fato, aquela sala era o próprio dojô em que Pilter Cerbera contou ao mundo todas as sublimes coisas que faria por sua garota, as quais de fato cumpriu tão à risca quanto os regulamentos da academia de Karatê cobrava.

Jimmy Galla percebeu, é claro, que se tratava mesmo daquele mágico lugar onde as glórias e honras do Amor haviam sido cantadas, porque tudo ali se dava tal como a história conta que acontecia sempre que Pilter Cerbera lá ia ter. Ou seja, quando a porta de correr lá dos fundos, energizada com a energia de todos os animais, abriu-se, descortinou uma tela de cinema que ali estivera todo aquele tempo, jamais indisposta a mostrar cenas de filmes de Karatê. Tudo isso, vale repetir, a história dos anos oitenta já conta há muito.

As cenas do filme que ali eram exibidas mostravam uma vasta planície e Jimmy pôde observar que nela crescia opulento trigo. Ao longe, embrenhando-se por entre a plantação, vinha ninguém senão o Mestre Mijiro. Ia rodopiando tão ferozmente, que parecia um peão. Por onde passava ia estraçalhando o trigo. Jimmy notou que o velho crescia na tela, como se estivesse se aproximando e que, conforme ele girava, tentava reproduzir com a boca o som do motor de um automóvel, tal qual a criança que brinca com seu carrinho de plástico. Não tardou muito e a figura senil, sempre a dar voltas em torno de si, chegou-se tão próximo à tela, que de fato se meteu para dentro do dojô. Ao se apresentar perante Jimmy Galla, parou de rodopiar e, após prestar uma mesura à moda oriental, pôs-se a estudar as inscrições estampadas no chão.

— Está vendo todos estes símbolos? — perguntou a Jimmy Galla, ofegando muito entre uma palavra e outra. — Todos têm um profundo e único significado, mas, tal como você deve ter pensado, todos simbolizam o Karatê e nada além disso. Está vendo aquele desenho à sua direita? Aquilo significa o Shogun. A bem da verdade, não sei o que é o Shogun, mas que quer que seja o Shogun, Shogun é também o Karatê. O Karatê, por sua vez, é Shogun. Assim são as coisas na China. Veja agora aquela insígnia à sua esquerda.

Jimmy Galla obedeceu.

— Aquilo ali — continuou Mestre Mijiro — representa a energia de todos os animais e, além disso, representa o Karatê, que, por sua vez, representa a energia de todos os animais. Para conhecer o Shogun, é necessário conhecer o Karatê e, para conhecer o Karatê, é preciso conhecer o Shogun.

Jimmy ouviu toda essa explicação com muita atenção e não ousou dizer uma só palavra. Mestre Mijiro, ao terminar de doutrinar sobre os símbolos do Karatê, ameaçou ir-se, mas, como que se lembrando de algo, deteve-se, a fim de dizer mais coisas.

— Lembra-se de Mestre Bill, aquele fanfarrão de uma figa? Está agora vendo o trigo crescer por baixo. Tornei àquela espelunca que ele chamava de dojô e ensinei-lhe uma lição.

— Você o venceu — perguntou-lhe Jimmy Galla — em justo duelo de Karatê?

— Se o venci em justo duelo de Karatê? — retrucou. — Que nada! Dei-lhe um tiro de revólver. Depois, fui até o seu escritório e roubei todas as suas medalhas e condecorações do exército, a fim de que não o enterrassem junto delas. Quem é o lixo agora? Digo-lhe, no entanto, bom gafanhoto, que você não deve tomar vingança, porque o Karatê a abomina.

— Desculpe-me, senhor — respondeu Jimmy Galla —, mas acho que o senhor me confundiu com outra pessoa.

— Como assim? Você não é Damião Sen, o Karatê Kinder?

— Não.

— Nem tampouco o Pilter Cerbera?

— Não — respondeu outra vez Jimmy Galla. — Longe de mim a pretensão de ser qualquer um dos dois. E que eles nunca sejam esquecidos. Sou apenas o Jimmy Galla.

— Ah, mas que droga!

Dito isso, foi-se Mestre Mijiro e, com ele, o ótimo sonho de Jimmy Galla, se bem que não dá para dizer se é sonho ou realidade tudo quanto acontece naquele dojô.

Capítulo 6

Que explica mais alguma coisa ou outra a respeito da China.

As músicas da década de oitenta retratavam a Ásia como um lugar dominado por estranhos e desconhecidos fenômenos. E tanto as letras das músicas se perdiam na tentativa de explicar a condição das coisas orientais, que cada uma as concebia da maneira que melhor lhe convinha. Jimmy Galla, portanto, obrigava-se a não compreender a Ásia, o que se observava nos sonhos em que Mestre Mijiro prodigalizava incríveis absurdos.

Confundia Jimmy Galla as coisas da China com as coisas do Japão e as coisas do Japão com as coisas da China. Ora achava que os países orientais ainda viviam nos tempos da Idade Média, ora tinha por certo que dominavam tecnologias ainda mais prodigiosas que as dos alienígenas. Às vezes, a considerar os códigos morais da China, que as músicas dos anos oitenta diziam, com razão, serem os mesmos do Japão, tomava os asiáticos por fúteis e depravados e, no instante seguinte, imaginava que eram todos muito retos e virtuosos.

Afirmam alguns intelectuais, todos muito insignes nos tempos de agora, que ocorreu, nos anos oitenta, um fenômeno chamado ocidentalização do oriente. Falam também qualquer coisa sobre o crescimento econômico dos países asiáticos e o relaxamento do Socialismo na China. Essas e outras bobagens, que não passam de fantasias, visam apenas a ridicularizar as ótimas músicas de Ítalo Disco, que foram as que mais pregaram verdades sobre as terras do Oriente. Entrassem em debate Jimmy Galla e os intelectuais do tempo atual, sairiam todos bem convencidos de que o que se lê a respeito da Ásia nos livros de História é especulação, para não dizer que é disparate. A única verdade sobre a Ásia é que nada lá faz sentido, como já se sabia na década de oitenta. Fala-se hoje em dia de Ocidentalização, Economia e Socialismo, mas, ora, não há no mundo quem explique como Mestre Mijiro conseguia conversar com as pombas por meio do Karatê. Todo chinês, aliás, sabe fazer isso.

Quanto às patranhas que Jimmy Galla contara aos pais, diga-se que a estes elas não soaram bem. Ora, fosse qual fosse o resultado, primava a loucura de Jimmy pelo mais excêntrico e semelhante à moda dos anos oitenta. Ludibriar docemente os pais, à guisa de Féron Bilets, era uma opção tão boa que a demência de Jimmy Galla muito teria censurado a si mesma, tivesse ela parado para relevar os perigos de tal empreitada. Tão claro e óbvio é tudo isso, que seria tolice emendar mais explicações.

Capítulo 7

Que é fantástico.

Dizem os cidadãos de hoje em dia que Féron Bilets foi um almofadinha inconsequente e subversivo. A verdade é que Féron, com sua natural inclinação para o bem, não pôde permanecer por muito tempo condescendente com os vícios das instituições acadêmicas, tampouco deixou que seus amigos estivessem cegos quanto a esses vícios. Por essa razão, sabe-se que ele decidiu promover o dia de matar aulas, que foi um resgate da forma de vida saudável e feliz.

Portanto, passada a noite em que Jimmy Galla contou aos seus pais uma patranha muito à moda de Féron Bilets, veio o terceiro dia letivo, no qual Jimmy Galla acordou já sabendo muito bem o que faria.

— Hoje vou matar aula! — disse Jimmy Galla à sua imagem no espelho.

Em seguida, encarou o manequim estendido sobre o chão e, rindo muito, foi tomar seu banho. Cantarolou, conversou sozinho e, vestido apenas com a toalha, experimentou, à frente do espelho, diferentes penteados, tudo tal como faria Féron. Em tudo mais quanto fez também procurou imitá-lo, tanto que, quando ia falar qualquer coisa, começava sempre por um "é como eu sempre digo".

Ora, após vestir-se adequadamente, acertou o penteado de Féron Bilets, colocou os óculos que comprara na noite anterior e voltou a encarar o manequim. Tomou-o nas mãos e o deitou sobre a cama, cobrindo-o com o cobertor, enquanto dizia a si mesmo:

— É como eu sempre digo, vão pensar que eu estou aqui deitado, doente, mas, na verdade, vou estar me divertindo com meus amigos, bem longe da escola!.

Como sentisse que algo ainda estivesse em desacordo com a burla original, gravou Jimmy Galla, com o auxílio de um aplicativo de computador, o barulho de um ronco, o qual deixou as caixas de som reproduzindo. Não contente com toda a verossimilhança que a trapaça já apresentava, tirou da gaveta uma cartolina e, com algumas canetadas, tentou fazer dela uma bandeira da Inglaterra. Do jeito que ficou ele a pendurou na parede, a fim de que seu quarto se assemelhasse ainda mais ao de Féron Bilets* e a picardia engendrada tivesse muito mais chance de sucesso. Terminado isso, foi-se Jimmy Galla, sem esbarrar nos familiares, que estavam dormindo.

Na garagem, entretanto, estacou Jimmy diante do automóvel da família e, ali, pôs-se a fazer mil considerações. Compreendendo o impasse de Jimmy, sua demência foi logo se manifestando.

— Como que pode! — grasnou ela. — Não pode ser que tenha passado por sua cabeça uma ideia tão vã! Você teria coragem de dirigir um carro fabricado antes de 1980? Diga-me que não percebeu tratar-se de um carro da década de setenta e te abandonarei. Observe sua composição e estética. As formas arredondadas revelam a pouca instrução de quantos o fizeram. O pouco conhecimento técnico leva a montadora a fazer carros mais redondos. Os carros da década de oitenta, todos produzidos com assombrosa tecnologia, vão naturalmente saindo quadrados de suas fábricas. É realmente natural que, conforme passem pelas etapas de produção, fiquem cada vez mais quadrados, de acordo com a quantidade de tecnologia a que vão sendo submetidos. Esse processo se verifica em todas as ciências. Na geometria, já está mais que comprovada a superioridade do quadrado em relação ao círculo, tanto que este nem é mais estudado nas escolas. Na arquitetura, que avança a passos largos, nota-se que tudo está ficando cada vez mais quadrado. Todas as casas, bem como as coisas que as compõem, são quadradas. Não são todos exageradamente quadrados os prédios naqueles filmes que profetizam corretamente o futuro? Ora, vá procurar um carro quadrado.

Jimmy Galla, reconhecendo seu erro, deu razão à sua loucura em tudo quanto ela dissera, muito embora estivesse em sua cabeça a imagem de Féron Bilets em um carro bastante antigo e redondo.

* Ferris Bueller's Day Off, 1986.

Capítulo 8

Que não é um dos piores.

O carro da família não era da década de setenta, mas, ao dizer que o era, o intelecto doentio de Jimmy Galla sabia o que estava fazendo e não mentia. Há carros da década de oitenta e carros de outras décadas, não indo além disso a classificação de automóveis. Todos os veículos fabricados antes de mil novecentos e oitenta e depois de mil novecentos e oitenta e nove são idênticos em aparência e mecânica, ao passo que os que foram fabricados entre essas datas são únicos na história. Daí convencionou a loucura de Jimmy chamar de "da década de setenta" todos os carros, exceto aqueles que são bons, ou seja, os produzidos entre os anos oitenta e oitenta e nove. O carro familiar, sendo de hoje em dia, era e é, portanto, da década de setenta, segundo os engenhosos critérios de Jimmy Galla.

Além disso, o carro da família não servia para fins de imitação, uma vez que era da família e não do pai de um amigo. Féron, em seu magnífico dia de folga, convencera o incomum Camenon a emprestar o carro do seu velho, tal como todos sabem. Havendo Féron feito assim, ora, Jimmy não teria coragem para fazer de outra guisa. Haveria de ser tomado o carro do pai de Tobby, ou o do pai de Joe, sendo, nisso tudo, bastante relevante o fato de que Trobogan era quem se assemelhava muito mais ao Camenon, na condição e exercício.

Com essas convicções, partiu de casa Jimmy Galla, mas não muito longe de lá vieram-lhe algumas dúvidas, nenhuma das quais, é verdade, o próprio Jimmy, valendo-se de sua loucura, não pudesse sanar.

— Sim — Jimmy Galla explicou a si mesmo. — O certo seria enganar o Diretor Costello valendo-se de uma engraçadíssima ligação telefônica, mas isso em nada ajudaria na obtenção do carro, porque não foi assim nem ao menos com Féron. A chamada serviu apenas para liberar a namorada das atividades escolares. O principal detalhe, porém, é que não sou eu quem devo executar a ligação, seja lá para que ela seja feita. E Tobby, que deve ser o responsável por ela, também está no colégio.

Jimmy, ao debater essas coisas com sua loucura, concluiu que seria impossível fazer tudo conforme fizera Féron Bilets, haja vista que as circunstâncias eram bem diferentes. Com Tobby na escola, até o carro ficava comprometido. Em face de tudo isso, Jimmy Galla caiu em desespero.

— Tenha calma! — acudiu-lhe a própria loucura. — As coisas podem se emendar! Pode ser que o pai de Tobby passe a qualquer instante por uma dessas ruas.

— Como isso seria possível? — questionou Jimmy Galla, muito confuso.

— Quanto ao carro — respondeu-lhe a loucura —, fique tranquilo. A sorte o proverá.

Ao ouvir isso, Jimmy Galla se sentiu melhor, pois, de fato, confiava muito na sorte. Com o ânimo recobrado, seguiu então seu caminho, guiado por sua debilidade mental.

Capítulo 9

No qual Jimmy Galla faz uma coisa absurda.

Estava Jimmy Galla caminhando placidamente sobre a calçada, a considerar que, a sorte já invocada e seu carro a caminho, nada mais havia que fazer senão esperar, quando notou ter saído do bairro e chegado a uma larga avenida, a qual tencionava atravessar. Ali, um semáforo regulava a passagem dos pedestres e outro a dos carros, tal como é em muitos lugares da cidade onde vivia Jimmy Galla. O sinal aberto para os automóveis, Jimmy Galla, enquanto esperava pela vez dos pedestres, viu aproximar-se, deslocando-se na avenida, um exemplar do mais quadrado de todos os carros: o Voyage 86. O coração de Jimmy bateu mais forte e sua loucura foi logo chamá-lo.

— Ei, Jimmy — disse ela —, eu sabia que ele apareceria! Quem vem naquele Voyage é ninguém senão o pai do Tobby.

— O sinal está aberto para ele — respondeu Jimmy Galla. — Ele vai embora!

Ao que a loucura retrucou:

— Ele veio te emprestar o carro, não vai embora!

Tão lentamente o carro se movia, que parecia haver algo estranho com ele. Mesmo assim, chegou ao semáforo no instante em que surgia a luz amarela. O motorista, quando a viu, brecou de tal forma que causou grande susto em quantos passavam por ali. Seja como for, o carro foi parar ainda muito antes da faixa dos pedestres, os quais, tão logo puderam, começaram a fazer sua travessia.

Viu então Jimmy Galla que, do outro lado da avenida, uma senhora bastante idosa tentava, com grande sofreguidão, fazer pela faixa de pedestres a travessia. No ritmo em que ia, não lograria andar mais dois metros antes que os carros tornassem a transitar. Assim ia a senhora, quando o homem do Voyage, tencionando acumular atos de Cidadania, acorreu em seu auxílio.

— Incrível! — gritou Jimmy Galla, vendo o homem abandonar o carro. — O pai do Tobby é o Professor de Geografia!

— Corre, Jimmy Galla! — aconselhou-o sua consciência. — É a sua chance! Pegue o carro antes que ele volte atrás e desista de emprestá-lo!

Ouvir o conselho e correr foi tudo a um só tempo, de tal modo que Jimmy chegou ao Voyage antes mesmo que o Professor de Geografia chegasse à pobre senhora. Quando o bom cidadão foi ver, Jimmy já estava na terceira marcha e com o rádio ligado em uma música de Ítalo Disco, sabe lá como. Não obstante, o Mestre de Geografia gastou os cinco minutos seguintes conduzindo a idosa ao seu destino. Encerrada essa maravilhosa obra de Cidadania, o bom homem caiu de joelhos, mirou o céu cinzento e disse a altos brados:

— Oh, Cidadania! Sei que mereço esse castigo, porque, por um segundo, e em prejuízo da segurança dos cidadãos, pensei em furar o sinal amarelo. Além disso, quase foi meu carro parar sobre a sagrada faixa dos pedestres, longe da qual todo carro deve estar!

Chorou copiosamente o dono do carro, acrescentando, entre um soluço e outro:

— Apenas não permita, oh! Cidadania, que ele desligue o gás natural e ande com gasolina!

Nem é preciso dizer que a primeira coisa que Jimmy fez, após dobrar a primeira esquina, foi passar o carro de volta para a gasolina.

Capítulo 10

Em que Jimmy Galla faz uma ótima transformação no Voyage 86.

Ao deixar o sítio em que o Professor de Geografia se deixou cair ao chão em prantos, Jimmy Galla sentiu que, entre outras coisas que não pareciam estar certas, o Voyage 86 era um tanto abafado. Na verdade, ele não o é, mas Jimmy lembrara bem que Féron Bilets, enquanto dirigia, tomava bem em cheio no rosto umas pancadas de vento. Sentindo-se então sufocado, atinou Jimmy Galla que queria um carro conversível, tanto mais porque imitar Féron Bilets era prioridade.

— Muito bem, Jimmy! — disse-lhe a própria demência. — Nunca vi mais justo capricho! Vá guiando e eu vou dizendo o caminho. Logo as coisas se ajustarão.

Assim levado por seu desequilíbrio psicológico, Jimmy dirigiu por algum tempo, virando aqui e acolá, conforme as instruções que dava a si mesmo, até que, em certa rua, sua loucura apontou-lhe uma medonha construção, que ameaçava ser algum tipo de oficina mecânica ou funilaria automotiva. Jimmy Galla não tardou a compreender o que deveria fazer ali.

— Isso mesmo — a loucura confirmou.

Meteu Jimmy Galla o carro oficina adentro e foi falar a um homem gordo que tomava conta do lugar.

— Eu estou com um problema no meu carro — disse-lhe Jimmy Galla.

Antes de responder qualquer coisa, o gordo olhou bem para Jimmy, da cabeça aos pés, com um semblante de desconfiança, indicando, com isso, que era não apenas um mecânico desonesto, mas ainda um latoeiro desonesto e um eletricista de automóveis. Nem há que se contar que, tão certo quanto estava ligeiramente embriagado, ele se chamava Demétrio, porque ainda está por aparecer um mecânico latoeiro, eletricista de automóveis, que não se chame assim.

— O que aconteceu, meu jovem? — perguntou à Jimmy Galla.

— É o teto do carro, está com problema.

— Qual é o problema? — insistiu.

— O teto está ali, no carro, esse é o problema. Arranca o teto fora.

O gordo olhou bem para os lados e respondeu baixinho que o que Jimmy queria era ilegal.

— Claro que é! — Jimmy emendou. — Justamente por isso que eu vim a essa oficina.

O gordão olhou bem para Jimmy Galla novamente, enquanto pensava e coçava a cara com a mão engraxada.

— E como você vai pagar? — perguntou, enfim, assumindo sua condição desonesta.

— Você pode ficar com o rádio, a roda e tudo que estiver no porta-luvas.

Jimmy revirou o compartimento e encontrou nele uma revista, em cuja capa se lia: "A importância da inclusão digital na Cidadania". Deu-a ao gordo bandido, juntamente com o rádio e disse-lhe que, tão logo o serviço estivesse pronto, ele poderia retirar as rodas. O bandido concordou.

Desnecessário dizer que, nem uma hora depois, Jimmy Galla saía daquele lugar desgraçado dirigindo um legítimo Voyage conversível. Quando já estava na rua, porém, viu pelo retrovisor o Demétrio correndo em sua direção e, aos gritos, pedindo que esperasse. Jimmy freou e o gordo, ofegante, aproximou-se.

— Fique com isso — disse, sacando do bolso o rádio que Jimmy lhe dera. — Gostei de você. Você tem estilo. Boa sorte em sua jornada.

Jimmy Galla tomou em mãos o rádio, instalou-o, ligou-o, prestou uma continência ao gordão e se foi ouvindo uma ótima música de Ítalo Disco.

Capítulo 11

Que conta como Mestre Mijiro ensinou a Jimmy Galla grandiosos valores.

Lembre-se que, não obstante tudo que de improvável e incrível já houvesse tomado lugar no terceiro dia de Jimmy Galla, era de manhã quando aconteceu o que se acabou de relatar e muito ainda havia que acontecer. Na verdade, e por mais absurdo que isso soe, Jimmy Galla, ao deixar a oficina em que ajustara o Voyage, sentia que precisava se ataviar e se preparar ainda mais para receber as ordens mais importantes do dia, que sua loucura não tardaria em lhe dar, e cumpri-las com todo o garbo da década de oitenta.

De fato, Jimmy havia gasto seu terceiro dia até então para adubar o solo no qual pretendia plantar sua árvore dos anos oitenta, se é que isso faz algum sentido. O Voyage já roubado e devidamente ajustado, podia e devia agora Jimmy Galla enchê-lo de amigos, tanto mais porque Féron Bilets, em quem se inspirava, fizera assim. Do jeito que saiu da oficina, Jimmy rumou então para o colégio, no afã de cumprir essa grande imitação dos anos oitenta.

Deixando para trás milhas de chão em poucos segundos, coisa que só poderia fazer em um Voyage 86, teria chego logo ao seu destino, não fosse isto: ao parar à frente de um semáforo, notou estarem vazias todas as ruas e calçadas, e tal foi o silêncio que ali se instalou, que Jimmy ouvia apenas o ronco do Voyage, o uivo do vento e os primitivos efeitos eletrônicos da música que tocava no rádio. Incrédulo, saiu do carro e olhou em todas as direções. Nada encontrou que tivesse vida ou se movesse, a não ser um cão vadio, que atravessou a rua urinando-se todo e foi situar-se no meio do cruzamento, à frente do Voyage. Jimmy, muito intrigado, viu o cão expelir tanta urina e realizar ali tão estranhos procedimentos, que julgou estar presenciando um prodígio. Quando o animal já parecia estar em vias de serenar, uma estrondosa badalada oriental, oriunda da música de Ítalo disco, fez o animalzinho fugir assustado. Não menos assombrado ficou Jimmy Galla ao ver que a urina do cão formara sobre o asfalto um símbolo oriental, que tanto podia ser que fosse o do Karatê ou o do Shogun.

Jimmy divisou então, ao longe, algo que parecia uma figura humana e que se aproximava. Claro que logo percebeu tratar-se de ninguém senão o próprio Mestre Mijiro. A figura senil tinha em mãos uma desusada espingarda e, não bastasse isso, vinha pulando em uma perna só. Tão logo pôde, Jimmy perguntou ao velho o que significava tudo aquilo.

— Estou me locomovendo — respondeu Mestre Mijiro — por meio de milenares técnicas do Karatê.

Jimmy não ousou perguntar mais nada e Mestre Mijiro continuou:

— Gafanhoto — disse —, é natural que não passe pela sua cabeça o motivo que fez com que essa espingarda viesse parar nas mãos de Mestre Mijiro. De início, já te digo que o Karatê não mudou e que o que mais desabona a Lei do Karatê ainda é a arma de fogo. O Karatê é o Shogun, ou seja, a vida, e a arma de fogo é o Shogun, ou seja, a morte. Levo comigo essa terrível espingarda apenas porque tenciono te mostrar que, por mais poderosos que pareçam os artifícios das armas, a vida, pela força do Karatê, sempre prevalecerá.

Mestre Mijiro olhou para o céu e apontou um pássaro que voava.

— Vou atirar naquela ave — explicou — e, ela já morta, restituir-lhe-ei a vida, usando-me de técnicas milenares do Karatê.

Quando terminou Mestre Mijiro de dizer essas coisas, já o pardal estava em queda livre, levando uma bala no ventre. Ao invés de cair morta em qualquer outro lugar, foi a ave jazer defunta justamente sobre o capô do Voyage, que a grelhou inteirinha, tão quente que estava.

— Minha nossa! — gritou Jimmy Galla. — Deve ter amassado meu carro!

Muito desnecessário contar que Jimmy Galla, tão logo havia visto o Voyage 86 transformado em conversível, ou sem teto, o que realmente era, tomara-o por seu de direito. Seja como for, Mestre Mijiro saiu logo num pinote e pulou sobre o capô, amassando-o todinho. Agachou-se então próximo ao pássaro, a fim de verificar seu estado clínico.

— Está mais morto do que o Mestre Bill! — gritou satisfeito.

Jimmy aproximou-se e, vendo o carro todo arruinado, pôs-se a praguejar.

— Quieto! — censurou-lhe Mestre Mijiro, com autoridade. — Estou tentando concentrar o Karatê do meu magnetismo animal!

Jimmy Galla silenciou e o velho iniciou um estranho discurso, em uma língua oriental já há muito extinta. Entre outras coisas, evocou a presença dos antigos imperadores da China e das mulheres levianas de Tóquio e Hong Kong, ambas as capitais daquele país, e, quando imaginou já ter dado tempo suficiente para que os imperadores e as mulheres levianas gerassem vida, deu uns tapas na barriguinha do pardal, esperando vê-lo mover-se.

— Presencie o milagre da vida! — disse a Jimmy, dando no animal mais alguns petelecos.

Como o bichinho não se movesse, irritou-se a tal ponto, que lhe deu um que o fez rolar chão abaixo.

— Droga! — esbravejou. — Não lembro mais como se faz para ressurgir animais!

— E agora? — Jimmy perguntou-lhe.

— As pessoas matam as vaquinhas, os açougueiros as retalham e nós as comemos. Somos assassinos? Não. Já estão mortas e, se não as comermos, outros comerão.

O velho desceu do capô, ajuntou do chão a ave grelhada e se foi devorando-a e pisoteando, sem sequer perceber, o símbolo oriental que o cão urinara sobre o cruzamento, o qual se tornou apenas uma poça de urina.

Capítulo 12

Que é o décimo segundo.

Quanto mais desequilibrado estivesse o espírito de Jimmy Galla, tanto mais extravagante e travesso Mestre Mijiro lhe aparecia. Tinham os dois qualquer vínculo misterioso, que os orientais costumam chamar de Karatê ou de Shogun. Chamem de um ou de outro, fato é que alguém poderá pensar que a aparição de Mestre Mijiro não passa de outra absurda alucinação de Jimmy Galla. A verdade ninguém nunca saberá, porque, tal como se contou, ninguém estava lá para ver.

Jimmy, seja como for, retomou o rumo da escola após ouvir os ensinamentos de Mestre Mijiro. O Voyage, apresentasse ou não os amassados que fizeram no capô, não acusou nenhum mau funcionamento, a não ser uma exagerada eliminação de fumaça. Seu antigo dono, o Professor de Geografia, sempre cuidara dele muito bem. Obviamente, não o comprara para satisfazer seu estilo, tanto mais porque isso ele não tinha. Certa vez, enquanto participava de uma passeata em prol da cidadania e do desenvolvimento sustentável, vira o Voyage passar na rua soltando tanta fumaça do escapamento, que temeu, como nunca antes, pelo agravamento do aquecimento global. Pagou pelo carro o dobro do que ele valia e o tornou tão ecologicamente correto quanto suas finanças permitiam, mas o Voyage, ao passar às mãos de Jimmy Galla, sentiu como se voltasse ao lar de sua infância e, em demonstrações de alegria, passou a expelir a quantidade absurda de fumaça a que antes estivera habituado.

Pouco antes de Jimmy chegar ao colégio, o carro passou até a derramar óleo. Alguém que sabia o que se passava teve ainda o bom gosto de fazer com que se tocasse no rádio do Voyage a mais violenta música de Ítalo Disco jamais feita, e o carro, ao lembrar-se dos tempos em que corria alegremente ao som dos mesmos arranjos de sintetizador, derramou óleo como se chorasse de saudades. Fora isso, nada mais que fosse digno de relato aconteceu no caminho da escola. Lá, os amigos de Jimmy Galla perguntavam-se a respeito dele. Estavam angustiados e pensavam mil coisas sombrias. A Professora de Literatura mal conseguia dar suas lições, tanto sentia a falta do seu herói.

Capítulo 13

Em que Jimmy Galla reencontra seus amigos.

Ao ver Jimmy Galla chegar, o porteiro foi logo lhe dando passagem e desejando um bom-dia. Jimmy foi encontrar Samantha, Cindy e Joe conversando ao pátio. Tobby Trobogan estava a um canto, estudando os fenômenos da luz. Correram os quatro ao encontro de Jimmy, tão logo o viram.

— O que estão fazendo fora da sala? — Jimmy perguntou-lhes.

Samantha explicou:

— O Professor de Geografia não apareceu para dar aula e, então, viemos para cá.

— Também pudera! — falou Jimmy Galla, piscando espertamente para sua loucura.

E continuou:

— Não importa. Eu tenho um carro conversível lá fora. Vamos embora daqui.

Os amigos de Jimmy Galla se entreolharam espantados.

— E as próximas aulas? — Tobby perguntou, preocupado. — Vamos perdê-las?

Jimmy mirou o amigo com um olhar de ternura e enlevo. Sentiu-se transportado para o mais profundo da década de oitenta, porque Trobogan afigurou-se à sua frente representando todos os nerds de todos os clássicos filmes de adolescentes. Naqueles bons filmes, tudo se desenvolvia de tal forma, que o nerd, mais cedo ou mais tarde, sempre acabava fazendo perguntas em que revelava uma exagerada preocupação em perder aulas. Cabia então ao amigo popular, o poço de confiança, tranquilizar e censurar o nerd. Todas essas coisas Jimmy sabia muito bem e, como fosse ele próprio o amigo popular do Tobby, não tardou em dizer-lhe o que todos os nerds ouviram pelo menos uma vez na década de oitenta:

— O que você está falando? Vá viver, seu desgraçado!

Ora, mesmo se fossem contadas umas oitenta e seis mil aventuras de Jimmy Galla, se bem que podem ter sido, pouco importaria todas elas se não tivesse convencido seus amigos para irem passear durante o período de aulas. Não houvesse Jimmy Galla logrado convencê-los, certamente que não seriam verdadeiras todas as aventuras que adiante estão relatadas, bem como outras coisas que se seguem, as quais, muito embora não sejam aventuras, são igualmente dignas de relato. Isso é assim porque, tal como já se contou, tencionava Jimmy Galla imitar as atitudes e logros de Féron Bilets, o qual, no dia em que fez tudo quanto fez, deu um jeito de matar aulas com seus maravilhosos amigos.*

* Ferris Bueller's Day Off, 1986.

Capítulo 14

De mais coisas da China.

É de conhecimento comum da população mundial que Féron Bilets, quando fez tudo quanto sentiu que deveria fazer, levou os amigos a um restaurante, onde promoveu tais burlas e confusões, que colocou para sempre seu nome nos livros de culinária. Desnecessário dizer que, se Jimmy Galla não se lembrasse de levar seus bons amigos para almoçar, não haveria mais o que se ler daqui em diante. Portanto, conte-se que iam pela estrada Jimmy Galla e seus amigos, quando algo, em um dialeto oriental já há muito extinto, falou ao estômago de Jimmy:

— Restaurante Chinês!

Jimmy Galla sentiu-se então transportado ao mais distante vilarejo da China. Viu um caldeirão de banha fervente do lado de fora de uma rústica choupana, e muitas figuras senis que se amontoavam ao redor. De cima do telhado da choupana, pôneis, acometidos de uma incomum incontinência urinária, saltavam faceiros para dentro do caldeirão. Jimmy sentia o aroma do guisado que se preparava e sua barriga roncava.

— Vocês estão com fome? — perguntou Jimmy aos seus ótimos amigos. — Eu estou faminto!

Mal havia terminado de falar, Jimmy Galla olhou adiante e viu alguém cruzar a rua de um modo pouco ortodoxo. Seria bobagem fazer mistério para dizer que ali era o próprio Mestre Mijiro montado em um brinquedo pula-pula. Ia atravessando a rua pulando no brinquedo, levando na mão esquerda uma ripa de jogar bets inteirinha coberta com ketchup. Mestre Mijiro a mordia e, ferozmente, a mastigava, enquanto lutava para manter o equilíbrio no aparelho. Assim cruzou a rua e se meteu num beco, ao lado de uma lanchonete. Lá no fim, livrou-se do pula-pula e entrou pela porta dos fundos do estabelecimento. Jimmy Galla observou tudo atentamente.

— Achei o restaurante onde vamos comer! — disse ele a Cindy, Samantha e Tobby Trobogan.

Jimmy, então, parou logo o carro em qualquer lugar e correu para dentro da lanchonete, sem nem esperar os amigos, os quais, tão logo puderam, entreolharam-se apavorados, tal era o aspecto do lugar.

Capítulo 15

O qual trata exclusivamente de assuntos concernentes às coxinhas e pastéis chineses.

Quem escreveu este fascinante capítulo arriscou sua própria pele pelo bem da Literatura e do jornalismo investigativo. Onde vive Jimmy Galla, na parte central dessa cidade, uma horrorosa máfia, desde tempos milenares, controla implacavelmente a venda de pastéis e salgadinhos diversos, dentre os quais a coxinha com catupiry merece destaque. Pode parecer um mistério o fato de que todos os lanches do centro da cidade respigam o mesmo tanto de gordura, são da mesma espessura e tabelados ao mesmo preço. Contudo, conte-se que esse mistério é milenar, pois trata-se de chineses.

Não há razão para se espantar com coxinhas de 25 centímetros, completamente recheadas de catupiry, vendidas a 20 centavos, nem com pastéis de carne, ovo e palmito ao mesmo preço. A carne, na verdade, é madeira do Vietnã. O palmito, tal qual o catupiry, é nada mais do que látex extraído por mão de obra escrava dos seringais mais sujos também do mesmo lugar, e os ovos nem de aves são. O transporte desses ingredientes não faz sentido algum à razão humana e só o Karatê o explica.

Os pastéis e demais salgados são mesmo de um sabor divino, isso, ao menos até se ter lido o Livro Milenar do Karatê, no capítulo treze, em que se conta como, onde e em que circunstâncias os orientais preparam suas refeições. Por essas e por outras, quem quer que tenha escrito este livro arriscou sua vida e as vidas de suas próximas oitenta e seis gerações, a fim de fazer essa fantástica denúncia.

Ora, se as lanchonetes da região de Jimmy Galla são tão incríveis, absurdas e distantes da realidade mesmo na própria realidade, como então serão nesta história? Na verdade, elas serão retratadas com exatidão e imparcialidade. Conte-se assim como foi o almoço de Jimmy Galla e seus amigos no restaurante chinês.

Capítulo 16

Que, de fato, trata do restaurante chinês.

Tal como se contou, Jimmy Galla meteu-se lanchonete adentro, tomando-a por um genuíno Restaurante Chinês. Na verdade, de acordo com o que já foi explicado em algum lugar deste ótimo livro, as lanchonetes e pastelarias da região de Jimmy Galla são todas milenares e chinesas. Dessa forma, são genuínos restaurantes chineses, tanto na realidade quanto na debilitada compreensão de Jimmy Galla, que se diria que são a mesma coisa.

De qualquer forma, logo atrás vieram os amigos de Jimmy. Saltando por cima de dois mendigos que dormiam às portas do lugar, chegaram até onde estava o amigo querido. Automaticamente, assim que entraram, levaram as mãos ao nariz para tapá-lo. O lugar simplesmente fedia, sem explicação nem motivo, embora, é verdade, houvesse no chão muita comida podre, que cães e aves disputavam. Havia até mesmo uma carcaça de tatu ainda se decompondo dentro de uma caixa de bebidas. Fora essas coisas e um balde de estrume ao canto, motivo algum havia para o lugar feder.

— Por que tem um balde de estrume ali no canto? — Joe perguntou a um senhor oriental que, atrás do balcão, estava a fatiar uns salames.

— É para distrair varejeiras e manter varejeiras longe de comida — respondeu o velho, muito concentrado no que fazia.

Todos compreenderam muito bem a explicação e permaneceram quietos. Tobby Trobogan, no entanto, não tirava os olhos da carcaça do tatu e, muito intrigado, suportou o quanto pôde, mas acabou decidido a perguntar sobre ela ao velho japonês:

— Escute, sen... — disse.

Contudo, nem havia ainda terminado de chamá-lo, guardou de volta a língua, porque o velho soltou um grito horrível e pôs-se a praguejar.

— Amaldiçoo infinito do infinito vezes vocês e esse salame! Disse distrair varejeiras, não distrair euzinho!

Todos então perceberam que o velho havia se cortado, porque sua mão sangrava bastante.

— Onde está pano? — perguntava para si mesmo, procurando-o em todo lugar e espargindo sangue por tudo.

Finalmente, achou o pano dentro da estufa dos salgados e, sem pensar duas vezes, meteu lá dentro a mão ensanguentada, temperando os lanches com o nobre sangue de sua linhagem, que era milenar. Enfaixou-se então com o trapo e voltou às suas atividades, como se nada tivesse acontecido. Tobby, enquanto isso, havia mudado de ideia e resolvido deixar como estava o mistério da carcaça do tatu, que se estendia por mais milênios do que ele era capaz de imaginar ou contar nos dedos.

Capítulo 17

Que, finalmente, trata do restaurante chinês e de mais nenhum outro.

Ora, Jimmy Galla não levou os amigos, naquele seu terceiro dia, para almoçar em qualquer lugar. Nada do que seus amigos viram naquela pastelaria era verdade. Qualquer coisa misteriosa, que os orientais chamam de Shogun ou de Karatê e os ocidentais, de razão ou bom senso, havia-os impedido de enxergar a beleza daquele tradicional restaurante chinês.

Para início de conversa, os clientes de lá não eram cães e aves, tão somente. Havia também pessoas finas, elegantemente trajadas na moda oriental. Ninguém ali entrava de calçado, então o piso permanecia impecável. Era feito da madeira da mais sagrada árvore jamais tocada por mão alguma. Lâmpadas em estilo oriental, não menos sagradas, estavam por toda parte. Cada uma levava em si um símbolo diferente, com um significado único, de tal modo que algumas lâmpadas carregavam o símbolo do Shogun e outras, o do Karatê, sendo todos os símbolos exatamente idênticos. Dragões do carnaval chinês passeavam livremente pelo ar. Alguns, porém, eram bonecos, pois podia-se notar as perninhas dos japoneses que estavam dentro. Bem ao centro havia um badalo oriental, cheio de vários símbolos dos mais diversos significados, tal quais as lindas lâmpadas que já foram muito bem descritas.

Havia ainda, espalhados por todo restaurante, artistas de circo de toda sorte. Jimmy sentia no ar um terrível aroma de alho. Ora, a culinária chinesa desconhece a existência do alho, tanto porque a China não aprendeu a realizar o seu cultivo nem em todos os seus oitenta e seis mil anos de história. Quem já conviveu com nômades e ainda, contudo, está vivo e livre de lunações, sabe que, invariavelmente, eles cheiram a alho. É o odor característico deles, do mesmo modo que o odor característico do Mestre Mijiro é o do desodorante que ele usa.

Árvores milenares, com mil anos de idade, subiam até o infinito do espaço. Firmadas nos troncos, estupendas construções haviam sido construídas fazia mais de mil anos, com tal engenho e arte, diga-se de passagem, que muitos cangurus, ordenados ninjas, mesmo nos dias de hoje sobem até lá para treinar judô.

Jimmy Galla, ao observá-los em suas atividades, lembrou-se de um filme documentário que trata exatamente disso. Aliás, percebe-se que eles descem, uma vez ou outra, a fim de tomar groselha no bar do restaurante. Conforme bebem, eles dizem, tomados de prazer:

— Ah, geladíssima!

Verifica-se que eles gostam muito de groselha e de judô e são chamados os cangurus da coragem.

E tanto é verdade que se vende groselha nos bares dos restaurantes chineses, que no bar daquele em que Jimmy foi ter havia, e há em todos, um grande cartaz no qual se lia as previsões do horóscopo chinês, que os orientais chamam de agouros. Ao lado, outro cartaz, menos importante, estampava os agouros do horóscopo japonês. Nada havia que diferenciasse um cartaz do outro, pois realmente levavam as mesmas inscrições, exceto que o cartaz japonês, sujo e surrado, parecia não receber cuidados. Ora, de qualquer forma, o que se aprendia de todos eles, tal como se contou, eram os agouros da China e os do Japão. De acordo com esses horóscopos, as pessoas, influenciadas pelas sortes cada qual de uma forma diferente, deviam seguir suas distintas aptidões naturais, a fim de aproveitarem o máximo de suas capacidades, de tal modo que, se quisessem isso, deviam todas, qualquer que fosse o signo, lutar Karatê e não fazer nada mais além disso. O horóscopo japonês é muito parecido, a tal ponto que é idêntico. Apenas algumas letras estão sujas e outras rasgadas.

Jimmy Galla ainda observou outro cartaz, que, tal como os outros, havia sido colado na parede com fita crepe, junto às garrafas de bebida. Continha uma linda poesia, que alguns orientais dizem ser sagrada e milenar. Anciões orientais costumam proferir tal poesia ao despedir dos lares jovens encaminhados ao serviço militar, o qual, na China e no Japão, começa aos dois anos de idade. Até se diz que, por essa razão, essa obrigação se chama serviço milenar, mas isso é apenas uma piada de mau gosto que por aí circula. Seja como for, o aspecto do restaurante chinês é todo tal como se contou e a poesia que permanece pendurada ao lado das bebidas, no bar, diz assim:

Expresso China.

São de tal modo as coisas na China,
Que nada lá é por inteiro.
Não é em todo banheiro que há latrina,
E no que há latrina não há chuveiro.

Bom cidadão ou terrível larápio,
Todo chinês come arroz com madeira.
E nunca se muda o cardápio,
Nem há quem de outro modo queira.

Até hoje toda tradição lá perdura.
Reina na China absoluta polidez
E um quê misterioso de ternura.

Mas acontece, uma ou outra vez,
De se achar, com marcas de Acupuntura,
Jogado à rua o corpo de um chinês.

Logo abaixo, lê-se: "À Priminha do Karatê".

Capítulo 18

Que é muito importante, pois fala da Cidadania.

A Cidadania é importante demais para ser esquecida. Se nos anos oitenta, massagem e Kung Fu te faziam forte e a acupuntura te fazia livre, hoje em dia a sustentabilidade te faz forte e a Cidadania é quem te liberta.

Enquanto Jimmy Galla e seus amigos se preparavam para fazer uma maravilhosa refeição no Restaurante Chinês, o Professor de Geografia, sem seu Voyage, estava a perambular pela cidade, feito um vadio. Foi o que decidiu fazer após levantar-se do chão, ao qual havia se lançado, a fim de rogar à Cidadania, após ter seu Voyage roubado.

Tanto seus procedimentos haviam ferido a Cidadania, pensava ele, que não podia mais ser perdoado. Assim ia ele, muito maltratado pela culpa. Desgostoso com tudo, foi acabar num boteco, para cuja geladeira ele olhou, enquanto falava para si mesmo:

— Ah, que saudade da "Facul"! Eu tomava bera, fazia bagunça com a galera e participava dos atos de combate à intolerância.

Quando terminou de dizer estas coisas, já estava em vias de embriagar-se, o que não tardou a acontecer. Ali mesmo no balcão do bar, bebeu como se estivesse em um trote cidadão e como quem não tem nenhuma responsabilidade social. Chegou mesmo a tal ponto, que imaginou que deveria imediatamente fazer algo para combater a intolerância. Muito convicto, chegou-se próximo à mesa de sinuca, com a qual dois bêbados se entretinham. e perguntou-lhes:

— Posso levar um desses mastros?

Os bêbados argumentaram que precisavam deles para continuar jogando, mas o Professor de Geografia contou-lhes uma linda história de determinação e luta, sobre coisas sindicais, com a qual lhes convenceu a entregarem ao menos um taco. Em seguida, tirou fora suas próprias calças e, passando a ponta do taco pela braguilha, confeccionou uma majestosa bandeira. Erguendo-a ao céu, proferiu então a grandes vozes, com muita propriedade:

— Quem acredita nos movimentos sustentáveis, na sustentabilidade estudantil em prol das passeatas da responsabilidade da intolerância cidadã, levantem comigo a bandeira da Cidadania sustentável e cidadã!

Um vozerio nunca antes visto tomou a vez naquele boteco e os bêbados se alvoroçaram tanto, que parecia um inferno. Um deles perguntou ao professor:

— Pode devolver o meu taco?

Ao final da noite, havia ao todo, naquele bar, cinco partidários da Cidadania sustentável e cidadã, cheios de ideias que, nos próximos anos, enriquecerão os debates sobre a democracia, a justiça social e os direitos dos cidadãos.

Capítulo 19

QUE TRATA DE COMIDA CHINESA E EXPLICA COMO UM SENHOR ILUSTRE CHEGOU AO RESTAURANTE CHINÊS.

Ora, Jimmy Galla e seus amigos estavam famintos. Seria ridículo continuar descrevendo o aspecto do restaurante japonês e, principalmente, uma falta de respeito, tanto mais porquanto Jimmy, Trobogan, Cindy, Samantha e Joe, tão logo pisaram no taco do salão de jantar, foram acolhidos com todo o decoro oriental por um francesinho esnobe, que, após fazer a recepção, saiu falando obscenidades ao celular. Desse modo, Jimmy e os demais meteram-se salão adentro. Jimmy viu ao canto uma mesa vazia, com seis lugares. Uma plaquinha brilhando em luzes de laser indicava tratar-se de mesa reservada.

Sem considerar qualquer coisa, Jimmy Galla levou seus amigos até a mesa, onde os fez sentar. Puseram-se ali a conversar sobre as aulas de Geografia e Literatura, muito se divertindo. Contudo, logo foi a eles o gerente do lugar, o francesinho esnobe, com uma expressão tal, que bufava. Jimmy olhou-o não menos irritado e lhe disse:

— Ande, seu paspalhão, traga-nos algo para beber. E para mim traga também, bem rápido, o prato típico do Japão.

— Moleque — respondeu o francesinho, com seu ar esnobe —, em primeiro lugar, não sou garçom. Em segundo, não tem aqui o prato típico do Japão. Em terceiro...

Quando ia explicar o que havia em terceiro lugar, Jimmy lhe interrompeu:

— Que diabo de restaurante chinês é esse? Não seja besta, traga-me uma porção de arroz com madeira!

O francesinho levou as mãos à cabeça e arrancou tufos de cabelo.

— Seu idiota — gritou —, não viu que esta mesa está reservada? E nem é necessário dizer que está reservada para os mais ilustres senhores que jamais estiveram aqui.

Dito isso, ia pular no pescoço de Jimmy Galla para esganá-lo à moda francesa, mas alguém, percebendo o que se passava, falou ao gerente:

— Afaste-se dele seu francês maldito!

A voz passava uma autoridade tal, que o lugar todo silenciou. Até mesmo os anões circenses, que estavam fazendo cambalhotas e outras macaquices, estacaram quietinhos um ao lado do outro, tremendo muito.

— Anões — disse-lhes a voz —, não se preocupem, não falei a vocês, embora creia eu que sejam franceses, no caso de não serem irlandeses.

Responderam os anões que eram irlandeses.

— Tanto melhor — continuou o homem —, pois então não interrompam suas atividades.

Os anões logo voltaram às piruetas. O moço então se voltou para o francesinho e falou-lhe em um inglês tão perfeito, que parecia conter algo de italiano. O rapaz era alto, tinha ombros largos e vinha vestido em tais trajes sociais, que deveria ter levado horas para escolhê-los. O sobretudo que usava era tão galante, que só podia servir mesmo para ser usado na Itália. Jimmy Galla o observou com atenção e teve uma impressão de que, mesmo parado, o homem parecia estar movendo as pernas e dançando ao som de uma canção eletrônica que batia a cento e vinte e duas batidas por minuto. O gerente francês, quando se apercebeu de quem se tratava, suou frio.

— Senhor ilustre! — falou-lhe. — Perdoe-me! Estes adolescentes horríveis apareceram aqui e tomaram a mesa reservada para o senhor e seus convidados. Eu estava apenas me preparando para castigar este aqui, que parece ser o líder dos diabinhos. Aliás, senhor ilustre, onde estão seus convidados?

— Cada um parou em um ponto distinto da cidade — respondeu o senhor ilustre —, cada qual para escrever uma incrível canção eletrônica, de acordo com o lugar em que acabou se deixando ficar.

— E o senhor?

— Eu tornei a sonhar com a garota que jamais sai dos meus pensamentos e vim escrevendo sobre isso. Falei aos meus amigos que chegaria no horário aqui ao restaurante e aqui os esperaria, e que não se apressassem em escrever suas canções.

O homem, que falava na mais serena voz jamais ouvida, aproximou-se então da mesa, olhou bem para Jimmy Galla e seus amigos e perguntou ao francês:

— Como ousa querer castigar esses jovens? Não haveria Ítalo Disco não fossem eles! Faço músicas para eles dançarem e se apaixonarem... Vá e traga mais uma cadeira, que vou me sentar com eles.

— Sim, senhor ilustre! — aquiesceu o francesinho.

Em seguida, saiu ele em um pinote, a fim de atender ao pedido do senhor ilustre. Jimmy Galla, desde que vira este chegar, estivera numa terrível inquietação, ansioso por uma chance de poder falar-lhe. Como o gerente francês se afastasse, Jimmy viu a oportunidade chegar.

— Eu sabia! — disse-lhe Jimmy Galla, com uma voz muito emocionada. — Eu vi que suas pernas dançavam enquanto você falava. Você é aquele maior produtor de Ítalo Disco que a Europa, em todos os tempos dos anos oitenta, viu surgir!

Capítulo 20

No qual o produtor de Ítalo Disco ensina valiosas coisas a Jimmy Galla e seus amigos.

O homem, puxando então a cadeira que o francesinho lhe trouxera, sentou-se à mesa. Jimmy Galla, por várias vezes, chacoalhou a cabeça para ter certeza de que não estava sofrendo de devaneios. Quando finalmente raciocinou, tornou a falar ao produtor de Ítalo Disco:

— Esta mesa é para você e seus amigos? Oitenta e seis perdões! Eu e meus amigos já íamos embora mesmo, não podemos te atrapalhar.

— Por favor — respondeu o produtor —, não vão embora. Seria ótimo que ficassem.

— Então é claro que ficaremos!

— Ótimo! Vamos pedir algo para comer! Estou faminto!

— Eu pedi ao francês uma porção de arroz com madeira, mas ele falou que aqui não tem. Isso não é estranho?

— Muito estranho!

O produtor de Ítalo Disco tratou logo de chamar o francesinho esnobe e ordenou-lhe que trouxesse treze porções de arroz com madeira. O francesinho respondeu-lhe que não demoraria um segundo. O produtor ainda pediu a Tobby, Joe, Samantha e Cindy para que fizessem seus pedidos. Joe e Tobby pediram sanduíches e as garotas, milk-shake.

— É um restaurante chinês — disse-lhes o produtor. — Peçam coisas mais extravagantes.

Tobby Trobogan, então, pensando melhor, voltou atrás e pediu um tatu na caixa de bebidas. Jimmy Galla, por sua vez, só queria saber mesmo era de ouvir o produtor. Inquieto, tratou logo de inquiri-lo sobre seus amigos que haviam ficado ao longo do caminho e sobre sua condição, considerando o que ele havia falado ao francês esnobe.

— Eu disse a ela — explicou o produtor — que gostaria que ela fosse livre. Disse que gostaria mesmo que ela fosse. Agora os meus dias estão passando tão vazios e as minhas noites estão cheias de sonhos, todos sobre ela. Eu disse que eu tinha que tentar voar e que tinha que tentar encontrar. Agora eu descobri que sem ela eu estou tão sozinho. Agora eu percebo que não sei o que está acontecendo.

— E o que você vai fazer? — Jimmy perguntou.

— Vou ligar para ela. Sim, vou ligar para ela. Meus olhos estão sempre procurando por ela. Agora eu me sinto perdido e vou ligar para ela. E vou dizer a ela: "por favor, volte para mim.". E vou dizer: "por favor, não me deixe sozinho. Agora eu sei que sem você eu vou estar perdido. Se você não voltar, eu nunca vou voar novamente.". Eu vou ligar para ela.*

---

* Mex - Calling you, 1984.

Capítulo 21

Em que se conta de qual modo os outros produtores de Ítalo Disco chegaram ao restaurante chinês.

Quando terminou de contar sua triste condição, o Produtor de Ítalo Disco, chorando muito, tomou algum tempo para escrever em um papel tudo quanto havia falado, que era o que levava no coração. Em seguida, tirou do bolso uma incomum partitura repleta de símbolos orientais, e fez nela várias anotações incompreensíveis. Estava nessas nobres atividades quando uma incendiada trupe invadiu o restaurante promovendo uma barulheira maravilhosa. Um imitava antigos efeitos de sintetizador, com sons nasais. Outro imitava efeitos diferentes, com sons guturais. Já algum outro reproduzia uma batida eletrônica. Havia também quem cantasse e, é claro, todos dançavam. Ora, nem é preciso relatar que eram os amigos do Produtor de Ítalo Disco que estavam chegando. Exerciam, todos eles, a mesma profissão do companheiro, que, tal como se contou, chorava à mesa.

No momento em que a barulheira tomou lugar ali no restaurante chinês, Jimmy Galla estava a contemplar, com profunda tristeza, as lágrimas do ilustre Produtor dos anos oitenta. Naturalmente, como a turba de produtores entrasse chamando a atenção de quantos ali tinham ouvidos, Jimmy Galla perdeu de vista, por um segundo, a imagem do triste produtor. Rapidamente, contudo, voltou-se e o contemplou novamente. Seu rosto, de repente, estava enxuto das lágrimas e brilhava radiante, tal qual o rosto de quem jamais teve o coração machucado. Levantou-se o produtor e foi receber os amigos. Levou-os à mesa e os apresentou a Jimmy Galla, Samantha, Tobby e Joe, pois a essa altura eram já todos eles seus velhos amigos. O gerente do restaurante, o francês esnobe, trouxe-lhes o número de cadeiras que precisavam.

O que conversaram e fizeram durante o jantar obviamente que se contará, ou não faria sentido algum que fosse escrito este livro, por quem quer que seja que o tenha feito.

Capítulo 22

Que diz respeito aos maravilhosos temas das músicas de Ítalo Disco que os produtores haviam trazido ao restaurante chinês, já prontas.

— Então — disse o Produtor —, que músicas vocês criaram durante o caminho e trouxeram pra cá? Estou ansioso para saber.

Um rapaz de óculos, que mais parecia o Tobby Trobogan do que si mesmo, foi o primeiro a tomar a palavra.

— Eu vinha pela calçada — começou contando —, ensaiando fantásticos golpes de Karatê e Judô, quando tropiquei em uma pedra e cai ao chão, de costas. Observei então o espaço e vi naves disparando tiros de laser. Decidi escrever uma canção sobre os tiros de laser e as batalhas no espaço.

— Muito bom — elogiou o Produtor. — Ainda está para ser inventado um assunto tão intrigante quanto esse e mal posso esperar para ouvir os tiros de laser que vão sair do teclado. Muito bom mesmo. E o que mais de canções vocês trouxeram?

Um rapaz moreno, de traços latinos, decidiu ser o próximo a falar.

— Eu resolvi vir caminhando pela praia — contou. — Cheguei a um quiosque, ali à beira-mar, onde parei para tomar uma água de coco. A brisa costeira estava suave e fazia balançar os negros cabelos de uma linda garota latina que estava sentada a umas quatro banquetas à minha esquerda. Fiz, então, uma canção sobre as praias nos países de língua espanhola.

— Achei muito justo — confessou o Produtor. — Imagino como não seria estar agora em Acapulco...

Uma linda loira, que fazia parte do grupo dos produtores, foi quem falou em seguida.

— Eu tomei o caminho pelo centro da cidade — contou ela. — Sim, eu vim pelo coração da cidade. Em qualquer direção que olhasse, luzes de neon ofuscavam os meus olhos. Senti-me uma verdadeira habitante da cidade, pisando sobre o concreto das calçadas. Eram tantas pessoas, mas eu me sentia tão sozinha. Parecia que eu tinha mesmo é que dançar. Escrevi uma canção sobre tudo isso.

— Luzes da cidade, pessoas que andam por aí de noite e vontade de dançar? Sua canção trata dessas coisas? — perguntou o Produtor.

— Exatamente.

— Imagino que nenhum outro assunto poderia vir mais bem a calhar, nesses nossos tempos. E aposto que só um coração de pedra não estaria disposto a dançar ao som de tal música. Muito bem!

Por fim, um japonesinho falou:

— Fiz uma música sobre a acupuntura oriental!

Todos ficaram maravilhados e boquiabertos. Se já antes não se aguentavam de vontade de experimentar logo todas as novas canções nos sintetizadores e teclados, qual não foi a inquietação que deles se apossou ao saberem dessa última.

— Acupuntura oriental! — gritaram juntos Jimmy Galla e o Produtor de Ítalo Disco, incrédulos.

— Está bem — continuou o Produtor —, não dá mais, estou muito ansioso para ver como vão sair todas essas incríveis músicas.

Todos concordaram, dizendo sentir a mesma coisa.

— Aliás — falou ainda o Ilustre Produtor, àquele que havia escrito a canção da acupuntura —, posso dar uma olhada nas anotações que você fez na partitura?

— É claro — respondeu o japonesinho, entregando o papel das anotações.

— Por mil milenares dragões chineses! — exclamou o Produtor, enquanto reproduzia na cabeça o que lia na partitura. — Essas notas são tolhes completos! É como eu sempre digo: "pra que tolher pela metade, se você pode fazer um Total Tolhe?*".

* Oriental Acupuncture, 1986.

Capítulo 23

Que conta como todos dançaram Ítalo Disco no restaurante chinês.

Tal como se contou, todos os produtores já não se aguentavam mais. O mais ilustre de todos eles, então, levantou-se e chamou desesperadamente o gerente daquele estabelecimento, que, tal como já se sabe, era um francesinho muito esnobe.

— Traga-me a mim e aos meus amigos — ordenou-lhe o Produtor — muitos teclados, sintetizadores, microfones, baterias eletrônicas e tudo mais que aqui houver para se fazer Ítalo Disco, porque não aguentamos mais esperar pelas novas canções que criamos.

Tanto ele enfatizou isso, que o francesinho saiu num pinote desmedido e lhes trouxe numa caminhonete, restaurante adentro, tudo quanto foi pedido. E mandou ainda o produtor de Ítalo Disco que trouxessem muitos cubos mágicos, a fim de que fossem pendurados ao teto, e que todos eles girassem aleatoriamente enquanto brilhavam.

— Traga também — lembrou um dos produtores — uns manequins dançantes.

E, tão logo se arrumou tudo, começaram os produtores com suas canções de Ítalo Disco que haviam recentemente criado. Os cangurus, que nos troncos altos das árvores treinavam Taekwondo, desceram a fim de dançar Ítalo Disco. Os anões duplicaram as irreverentes cambalhotas e muita gente acorreu ao restaurante para celebrar a noite.

Jimmy Galla aproveitou a ocasião para ensinar a dança do Ítalo Disco a Joe, Cindy, Samantha e Tobby Trobogan. Quando chegou o momento oportuno para se apresentar a música de temática oriental, se bem que todo momento é, todos os produtores se trajaram como que lutassem Karatê. Completamente uniformizados, tocaram então, aos pulinhos, as melodias nos teclados.

Todas essas coisas realmente aconteceram e se estenderam noite adentro. Samantha, Cindy, Joe e Tobby Trobogan, os amigos de Jimmy Galla, pouco caso fizeram da hora, pois se divertiam. O doentio intelecto de Jimmy Galla já passava de satisfeito, quando o chamou a um canto para lhe falar.

— Jimmy — falou-lhe —, essa noite não pode acabar de modo algum. O que será do dia seguinte se essa noite acabar? Eu lhe digo que o segundo grau se irá junto com a noite e tudo estará perdido. Resta muito pouco tempo, porque, ainda hoje, acontecerá o baile de formatura e, depois, uma festinha particular na casa de alguém cujos responsáveis estejam viajando. Você já pode imaginar tudo que vai acontecer ainda hoje, mesmo a noite já adiantada. Samantha está cada vez mais linda e você cada vez mais apaixonado. Ainda há tempo para a noite não acabar. Sigam para o baile de formatura.

E, despedindo-se dos produtores de Ítalo Disco, assim fizeram Jimmy e seus amigos.

Capítulo 24

Em que Jimmy Galla conta a Samantha coisas horríveis que julgava ter visto em uma faculdade.

Jimmy Galla e seus amigos haviam, sem sequer perceber, passado a tarde toda e boa parte da noite no restaurante chinês, o que não foi de causar surpresa, haja vista que, se o restaurante oriental já era fascinante por si só, quanto mais não seria com a presença dos produtores de Ítalo Disco.

Portanto, tão logo Jimmy Galla saiu para o lado de fora do restaurante, não se furtou a contemplar a maravilhosa noite que viera enlevá-lo, cuja brisa era a mais cálida que já se verificou. Então, um tal sentimento se apossou do espírito de Jimmy, que o brilho das estrelas se afigurou no céu como o retrato de Samantha.

Em seguida, é claro, foram todos ao Voyage e rumaram para onde deviam ir. Enquanto seguiam seu caminho, Jimmy Galla, ao volante, parecia lutar consigo, a fim de se controlar. Foi assim algum tempo, até o ponto em que, incapaz de controlar seus mais sinceros sentimentos, jogou o carro para o acostamento e pôs-se a chorar. Seus amigos se entreolharam com assombro e Jimmy, enquanto lutava contra o soluço, falou-lhes estas coisas:

— Quantas não foram as vezes em que ouvi a respeito do fim do Segundo Grau! No entanto, sempre tive por certo que os quatro anos não passariam e que as faculdades não existiam. E, agora, meus amigos do Segundo Grau, já é chegada a hora do baile de formatura. Por favor, não se permitam me ver fraquejar, nem tampouco fraquejem ou percam seus sonhos. Escolhemos por nós mesmos viver no Segundo Grau, mas para a faculdade nos levarão contra nossa vontade, assim que der meia-noite. Haverá quem nos tire dos porões das universidades, acreditem, porque eu mesmo comprovei que o Lamuel Rishei, nas horas noturnas, veste-se de tal modo que não há quem o reconheça e, metendo-se furtivamente dentro dos esgotos das faculdades, tira de lá, em uma mesma noite, tantos universitários quantos consegue levar debaixo dos braços.

Joe riu-se aos berros, mas Samantha manteve-se pensativa, porque assim estava desde que Jimmy derramara a primeira lágrima. Quando o viu silenciar por um instante e, em seguida, deixar-se cair aos prantos sobre o volante, também chorou. Jimmy Galla, percebendo o que se passava, fitou-a tão ternamente, que ela desabou de vez em lágrimas.

— Precisamos conversar — disse-lhe Jimmy. — Não podemos mais adiar essa nossa conversa.

Samantha moveu a cabeça em sinal de aquiescência, sem abandonar o choro.

Jimmy Galla então desceu do Voyage, assentou-se sobre o capô do carro e pôs-se a contemplar as estrelas. Samantha, compreendendo sua intenção, foi colocar-se ao seu lado e imitá-lo no que fazia. Tal era a cena dos dois contemplando o céu, que bem poderia ser que o céu que os contemplava, tanto equivaliam em beleza o céu e eles. Samantha tentou dizer qualquer coisa, mas Jimmy a interrompeu.

— Por favor — disse docemente —, posso falar primeiro?

— Preciso muito te dizer algo — Samantha respondeu. — Preciso muito...

— Eu sei... Há muito que se dizer e pouco tempo. Vou para a faculdade e não sei bem ao certo o que vai acontecer. É confuso. É horrível. Tenho que te dizer que já estive em uma Universidade. Vi coisas lá nas quais você não acreditaria. Vi um universitário enlaçado por arames farpados, cantarolando, em ritmo de bossa nova, músicas de apologia aos sindicatos e movimentos estudantis. Sem dúvida era um estudante de Artes. Amarrado com cipós a uma carteira, um estudante de Direito estava a enunciar, com uma expressão meiga e apaixonada, o Código de Hamurabi. Vi ainda um complexo dispositivo dotado de esteiras e roldanas. Presa ao teto, essa máquina funcionava de tal modo, que fazia com que livros caíssem violentamente sobre a cabeça do aluno de Direito e de muitos outros que ali estavam em suas atividades acadêmicas. Posso passar a noite te contando quantas coisas horríveis lá eu vi, mas perderíamos o baile. Você ainda terá outro, ano que vem, eu sei, porque ainda te falta um ano.

Jimmy tomou tempo para dar um longo suspiro, ao final do qual continuou:

— Mas, de tudo isso, o que realmente me apavora é imaginar que não vou mais poder te ver no colégio.

Samantha, que não parava de chorar nem por um só segundo, procurou acalmar-se. Quando sentiu estar em condições de falar, assim o fez:

— Eu tenho duas coisas para te falar. Não sei em que ordem eu devo dizê-las...

Quando Samantha terminou de dizer essas coisas, começava a chover.

* * *

Pouco se importando com toda a água que molhava seu rostinho, Samantha contou a Jimmy Galla:

— Jimmy, eu não sei o que está acontecendo. Nem ao menos sei se essa é a primeira ou a segunda coisa que tenho para te dizer. Tudo seguia seu rumo natural, quando um garoto meteu-se em uma briga à frente do colégio, onde quase morreu. Ele inventou nomes para mim e meus amigos e fez coisas que eu nunca havia visto, mudando, assim, tudo ao redor.

Jimmy sorriu para ela e, gentilmente, tirou de seu rosto uma lágrima que escorria.

— Mas Jimmy — continuou ela —, eu e a Cindy, que você inventou de chamar assim, fomos atrás de saber quem você era. Não descobrimos nada, a não ser que você não é aluno do nosso colégio. Jimmy, me fale, por favor, quem é Jimmy Galla?

— O que está falando Samantha? Não estou te compreendendo. Eu estou aqui e sou Jimmy Galla.

— Você sabe que não me chamo Samantha. O que foi fazer lá no colégio?

— Eu não estou te entendendo. Você está bem?

— Jimmy, me diga, você sabe que é louco? Você não fala coisa com coisa. Nunca vi ninguém tirar da cabeça tanta bobagem. O que se passa com você?

— Pergunte pra Cindy quem eu sou e ela te dirá. Crescemos juntos e ela sabe tudo o que aconteceu comigo até hoje.

Ao que Samantha, desesperada, respondeu deste modo:

— Jimmy, pare de brincar com essas coisas! Eu preciso saber o que está acontecendo!

— Eu é que preciso, Samantha. Você deve estar louca.

Samantha quase não conseguia mais falar, de tanto que chorava. Logrou, contudo, ainda dizer isto:

— Devo estar louca mesmo, Jimmy, porque, se eu já disse a primeira coisa que tinha para dizer, a segunda é que eu te amo. Você é completamente louco, mas, em questão de loucura, acho que já fui muito mais além.

E, assim, os dois choraram ainda por muito mais tempo, havendo Samantha falado tudo que levava no coração, que doía demais. Cindy, lá dentro do carro, estivera vendo e ouvindo toda a conversa dos dois e, não aguentando mais os ciúmes que sentia de Jimmy Galla, desceu e, sentando-se no meio-fio, imitou Jimmy e Samantha no que eles faziam. Joe e Tobby Trobogan também compreenderam o que se passava e, no banco de trás do Voyage, baixaram a cabeça, tencionando assim permanecer o resto da noite, porque um havia perdido a vontade de se divertir e o outro, a de ir para casa estudar.

Capítulo 25

QUE CONTA ALGO EM QUE NINGUÉM ACREDITA.

Quem estiver lendo este dramático livro não se assuste se o relato da história de Jimmy Galla, daqui em diante, estiver cheio de fatos inacreditáveis. Motivo de espanto ou não, os três dias de vida de Jimmy Galla não eram bobagem. Para esses três dias, havia três distintas pessoas, muito distantes do mundo de hoje em dia, que guardavam por Jimmy Galla um carinho sem medida. Se havia algo para ser feito por Jimmy e seus amigos, eles três é que seriam enviados para fazer. Não se sabe exatamente há quanto tempo acompanhavam os passos de Jimmy Galla, mas o faziam, pelo menos, desde a década de oitenta. Viram Jimmy Galla ser surrado, escolher seus amigos, beijar a professora, perambular à noite e fazer tudo mais quanto fez. Quando viram três, dos cinco, chorando e os outros dois desconsolados, o alerta lhes veio ao coração.

— Já está na hora, não está? — perguntou um dos três.

— Deixe-me calcular que eu já digo — respondeu o outro.

E, após se demorar algum tanto nesse cálculo, concluiu:

— Sim, já chegou a nossa hora.

— Então vamos logo — disse o terceiro. — Eles estão chorando demais.

Correram os três para o carro e de muito longe seguiram ao encontro de Jimmy Galla. No meio do caminho, mais um ainda se juntou a eles. Mesmo assim, nem ainda haviam saído, já podiam ver o Voyage parado próximo ao meio-fio e todos os adolescentes desconsolados que por ali também estavam, uns chorando e outros maldizendo a própria sorte.

Parou então no meio da rua uma Santana Quantum brilhando em oitenta e seis diferentes cores. Jimmy Galla e seus amigos imaginaram que estavam prestes a ser assaltados, mas continuaram normalmente suas atividades, porque nada mais lhes importava. Da Santana Quantum saíram as quatro figuras, dentre as quais três eram distintas pessoas, como se contou. Jimmy Galla olhou-os e, arrepiando-se de cima a baixo, pulou do capô do Voyage.

— Eu não posso acreditar! — exclamou.

De dentro da Santana Quantum tinham saído ninguém mais ninguém menos que Mestre Mijiro, Féron Bilets, Karatê Kinder e um robô enorme e desajeitado. Obviamente, Féron Bilets viera dirigindo e o robô viera acocorado no porta-malas, o qual, graças ao propósito a que servia, estava sem sua tampa fazia já algum tempo.

PARTE 4

Do último dia de Jimmy Galla

Capítulo 1

Das primeiras providências que tomaram Féron Bilets, Karatê Kinder e o robô desajeitado, que se contará quem é.

Antes que começasse um alvoroço, Féron Bilets tomou a palavra.

— Jimmy Galla — disse —, apenas confie em nós e no que vamos fazer.

— Sim, Féron — Jimmy respondeu —, eu confio, mas o que vocês estão fazendo aqui uma hora dessas?

— Logo explicaremos.

Terminando de falar, Féron acenou com a cabeça ao Mestre Mijiro, como que indicasse a ele que era chegada a hora de executar o que haviam combinado.

— Jimmy — falou o Karatê Kinder —, você precisa vir conosco.

— Tudo bem — respondeu Jimmy Galla.

E, chamando seus amigos, disse-lhes:

— Vamos embora gente, todo mundo para o Santana.

— Não, Jimmy — tornou o Karatê Kinder —, só você vem conosco. Seus amigos irão para suas casas em segurança. Mestre Mijiro os levará no Voyage.

— Mestre Mijiro vai levar meus amigos?

— Sim, ele é um ótimo motorista, muito cuidadoso e responsável.

Mestre Mijiro estava galantemente trajado com um smoking italiano e olhou para Jimmy Galla com uma expressão de serenidade e responsabilidade. Em seguida, foi para o assento do motorista no Voyage.

— Jimmy — disse ainda Féron Bilets —, peça aos seus amigos para entrarem no Voyage e seguirem com Mestre Mijiro. Vai ficar tudo bem.

Os amigos de Jimmy Galla foram tomados por um terrível aperto no coração e chegaram-se próximos a ele.

— Tudo bem, gente — falou-lhes Jimmy. — Eles são meus amigos.

Mas, como sua loucura ainda estivesse contrariada, Jimmy Galla falou aos heróis dos anos oitenta:

— Mas e a nossa formatura e a festa que vem por aí?

— Jimmy — respondeu Féron —, não se preocupe, nós explicaremos tudo isso.

Jimmy Galla demorou-se a pensar, pois sua loucura insistia no baile e na festa. Em seu coração, no entanto, Jimmy não pensou duas vezes e soube o que decidir.

— Posso dar um abraço em cada um deles antes de ir? — perguntou.

— Tome o tempo que precisar, Jimmy — respondeu-lhe Féron.

Jimmy Galla, abraçando fortemente cada um deles, dizia-lhes:

— Não me perguntem, porque eu não sei.

Finalmente, quando imaginou estar pronto para ir, disse-lhes ainda:

— São meus amigos, vai ficar tudo bem. Uns de vocês estão chorando e outros estão tristes, não sei o que aconteceu. Talvez eles tenham vindo para tentar dar um jeito nisso.

— É isso, Féron? — Jimmy perguntou-lhe.

— Sim, Jimmy, é isso.

— Então está bem. Tudo vai ficar bem. Samantha, Cindy, Joe, Tobby, podem ir com o Mestre Mijiro.

Contudo, após tentar tranquilizar seus amigos, Jimmy Galla pôs-se a pensar, confuso.

— Samantha? — perguntou.

Ao que a garota respondeu:

— Sim.

— Estou com uma sensação estranha. Algo aqui está me dizendo que o seu nome não é mesmo Samantha.

— Jimmy! — gritou a menina, surpresa. — Você está voltando a si!

— Pois é! Como eu fui tão idiota? Como pude imaginar que o seu nome é Samantha, quando, na verdade, é Jennifer! Não! Fui idiota de novo, o seu nome é Natalie! Na verdade, claro que é Kimberly!

Todos baixaram suas cabeças, aborrecidos, enquanto Jimmy Galla enumerava outros oitenta e seis nomes de garotas dos anos oitenta. Encerrado isso, os amigos de Jimmy Galla entraram no Voyage e foram levados por Mestre Mijiro. No carro, cada um deles pensava consigo: *Esses homens que apareceram, conheço-os de algum lugar...*

Capítulo 2

Que dá sequência ao livro de Jimmy Galla.

Em meio à fumaça que o Voyage deixara, Jimmy Galla, com o coração sofrendo de um modo como nunca antes sofrera, viu seus amigos partirem. Féron Bilets, se achegou a ele e, colocando a mão sobre seu ombro, disse-lhe, um tanto pesaroso também:

— Tudo bem, Jimmy, vamos dar uma volta.

O Karatê Kinder e o Robô desajeitado também se aproximaram, a fim de consolá-lo.

— Você conhece o Robô de laser, não conhece, Jimmy? — perguntou-lhe o Karatê Kinder.

— Sim — Jimmy respondeu. — Ele é um grande herói dos anos oitenta, tal qual você e o Féron.

— É verdade — completou Damião Sen, o Karatê Kinder —, ele é, sim.

E, sem muito mais o que dizer, entraram todos eles no Santana Quantum e partiram dali, tomando o caminho de volta ao colégio onde tudo começara. Não conversaram nada durante o trajeto e, chegando à entrada do colégio, bastou um sinal de luz do Santana para que o porteiro, que os esperava, abrisse o portão para entrarem. Deixaram o carro no pátio e, com a ajuda da lanterna do Robô de laser, seguiram para o corredor das salas, ao fim do qual Féron tirou do bolso um molho de chaves. Com a mais dourada delas, abriu a última porta.

— Cuidado com os degraus — disse a Jimmy Galla, antes de começar a descer uma escadaria. — E você, Robô de Laser, cuidado com essas esteiras aí. Você lembra como foi a última vez, não lembra?

— Sim, eu lembro, me lasquei — respondeu o robô com sua voz eletrônica, que era muito suave.

Desceram as escadas sem maiores tropicões e, lá em baixo, apertaram o interruptor que acendia as luzes do lugar.

— Putia vida! — exclamou Jimmy Galla.

Nada de muito incrível havia no lugar, a não ser cada uma das oitenta e seis gigantescas naves espaciais intergalácticas que lá estavam, as quais eram capazes de chegar ao mais infinito do espaço.

— Não há lugar no mundo para se conversar direito — disse o Karatê Kinder. — Vamos para algum lugar melhor.

— Vamos em qual? — perguntou Féron Bilets ao Robô de Laser.

— Podemos ir na Treze-Treze — sugeriu o robô. — O problema de óleo já foi arrumado.

Capítulo 3

Em que os heróis dos anos oitenta, inclusive Jimmy Galla, embarcam para uma viagem cósmica.

Subiram todos eles à nave chamada Treze-Treze e, enquanto o Robô de Laser fazia os preparativos para a partida, Féron Bilets e o Karatê Kinder levaram Jimmy Galla para qualquer lugar da nave mais apropriado para as conversas. E, ao primeiro ensejo, Féron falou-lhe:

— Jimmy, viemos conversar contigo a respeito de coisas muito importantes.

— É alguma coisa irreverente e absurda que ainda não fiz no colégio e preciso fazer antes que se acabe o segundo grau? Podem falar que estou pronto!

— Não, Jimmy — explicou o Karatê Kinder —, não é nada disso.

— Por isso que vocês são tão incríveis! São muito misteriosos!

— Quem nos levou até você, Jimmy — continuou Féron Bilets —, sabia que você não daria ouvido a ninguém, a não ser a nós três e mais algumas outras poucas pessoas.

— Sim, Féron, são poucas as pessoas em quem confio e vocês estão entre elas.

— Então eu peço que se esforce para compreender o que te diremos.

O Karatê Kinder completou:

— O que lhe diremos não te fará sentido algum e por isso você terá que se esforçar para entender.

O Robô de Laser não tardou muito a chegar e, ao fazê-lo, indicou aos outros heróis dos anos oitenta, com sinais de laser, que a nave estava pronta para partir.

— Ótimo! — disse-lhe Féron. — Vamos para o espaço.

E, à ordem de Féron Bilets, o Robô de Laser colocou para funcionar os carburadores da nave e, nem um segundo depois, já estavam no espaço sideral. Jimmy Galla pôde ver, então, muitas outras naves que viajavam pelo infinito, algumas disparando coloridos tiros de laser. Havia muitas estações espaciais, com agentes de fiscalização trabalhando nesses lugares.

— Nossa viagem é curta — falou o Karatê Kinder. — Nós vamos para a lua. Vamos passar pelo lado escuro para deixar uma caixa numa empresa de transportes que funciona ali e depois vamos para o outro lado. Veja, já está ali à frente, é uma civilização marginalizada que vive por ali. É um povo sofrido, mas cheio de princípios. Nós passamos por aqui, vez ou outra, para tomar água com gás e jogar alguns jogos com eles.

— São todos humanos — completou Féron Bilets. — A maioria deles veio de Detroit.

Jimmy Galla olhou lá para baixo e viu enormes amontoados de sucata e pessoas, que, para se aquecer, ficavam próximas de barris, dentro dos quais algum combustível alimentava as chamas.

O Robô de Laser estacionou a nave por ali, mas deixou o motor ligado. Apenas o Karatê Kinder desceu. Explicou às pessoas do lugar que não podia se demorar muito e, deixando a caixa na empresa de transportes, tornou à nave. Partiram os heróis dos anos oitenta, então, para o outro lado da lua, onde nada havia senão a vista da Terra. Lá, após estacionar a nave, o Robô de Laser desligou o motor e todos desembarcaram.

Capítulo 4

Em que os heróis dos anos oitenta revelam a Jimmy Galla a verdade sobre o mundo.

Conte-se, de início, que estava uma linda noite na lua, em cuja beirada Féron Bilets, Karatê Kinder, Robô de Laser e Jimmy Galla se assentaram, voltados para a Terra. Tencionavam os heróis dos anos oitenta, ali, explicar a Jimmy Galla tudo quanto traziam para ser explicado. Não há por que se viajar à lua, senão por semelhante propósito.

— Olhe o planeta Terra, Jimmy — falou Féron Bilets. — Quantos anos tem esse mundo velho? Quantos você acha?

Jimmy Galla prontamente respondeu:

— Ora, tem mil novecentos e oitenta e seis anos!

— Jimmy — continuou Féron —, o mundo está ainda mais velho do que isso. Acredite, Jimmy Galla, e preste muita atenção no que estou dizendo. Nem nós tínhamos ideia disso, mas já se passaram mais de vinte anos desde 1986. Você não sabe disso?

— O quê? O mundo já passa de 2006?

— Já. Até mais que isso.

— Bem que eu desconfiava que já houvesse uma estranha tecnologia capaz de fazer o tempo avançar duas décadas! Então é verdade! Se já existia um carro capaz de levar algumas pessoas para o futuro, por que não uma máquina capaz de levar o mundo todo?

— Essa máquina, Jimmy, jamais existiu — explicou Damião Sen. — Os dias e as noites da década de oitenta e da de noventa naturalmente passaram, para nunca mais voltar. Viemos para te explicar isso.

— Você está falando bobagem, Karatê Kinder — respondeu Jimmy Galla —, muito embora seja o mais destemido lutador que o mundo em todos os tempos conheceu.

— Não — tornou o Karatê Kinder —, não estou falando bobagem e não sou o mais destemido lutador de todos os tempos. Sou o mais destemido lutador dos anos oitenta e de mais nenhuma outra época, porque vivo nos anos oitenta e tudo que faço pertence apenas a essa década.

— Porém você, Jimmy Galla — falou Féron Bilets —, é diferente de nós, que pertencemos unicamente à década de oitenta. Você vive de acordo com o rumo natural dos acontecimentos reguladores do tempo, que levaram o mundo à condição dos tempos de agora.

— Do que você está falando, Féron? — perguntou-lhe Jimmy Galla

— Estou falando que os anos oitenta já se foram e você não vive mais neles. Na verdade, naquela época você era apenas um bebê. Agora, Jimmy Galla, você vive nos tempos de hoje em dia.

Não há motivo para se contar que, nessas explicações, os heróis dos anos oitenta muito se demoraram, incapazes de reverter as fantasias e desatinos de Jimmy Galla. Quando perceberam, entretanto, que do jeito que iam, nem em infinitos anos lograriam convencer Jimmy, resolveram mudar o rumo da conversa. E o fizeram de tal modo, que haverá quem se espante, ao tempo em que se contar como foi.

Capítulo 5

EM QUE FÉRON BILETS E O KARATÊ KINDER CONCORDAM EM ALGUMAS COISAS DA ATUALIDADE, QUE JIMMY GALLA DEVERÁ ENFRENTAR COM BRAVURA.

Ora, Féron, Karatê Kinder e o Robô de Laser, sendo quem eram e ainda são, não se assombraram nem se aborreceram com a doentia condição de Jimmy Galla. Tampouco se assombrariam ou se aborreceriam com que quer que lhes fosse entregue como missão. E nem se conte que eles tinham diversas formas de cumprir a que levaram para ser cumprida na lua.

Haviam os heróis dos anos oitenta visitado os tempos da atualidade com uma máquina do tempo que já existia nos anos oitenta, mas não existe mais. Passearam, desse modo, pelo mundo da época de hoje em dia, observando e anotando tudo quanto lhes aparecia, que são as coisas que as pessoas de hoje em dia conhecem bem. E, por mais horríveis que sejam todas essas coisas, sabiam os heróis dos anos oitenta que precisavam contá-las a Jimmy Galla.

Portanto, Féron Bilets, após um longo suspiro, tratou de falar:

— Eu, o Karatê Kinder e o Robô de Laser, Jimmy Galla, estivemos no mundo de hoje em dia, que muito distante está do nosso. Por tudo que pudemos ver, eu te digo que o herói de verdade está na minha frente. O mundo dos dias de hoje é um verdadeiro inferno. Quão mais fácil é para mim, o Karatê Kinder e o Robô de Laser vivermos nos anos oitenta! Que são essas coisas chamadas atualmente de "Agências de RH"? Serão por acaso as embaixadas do inferno na Terra? E o que dizer das dinâmicas de grupo? Fomos, nós três, convidados a participar de um acontecimento social desse tipo. Uma pobre garota, tagarela e sem autoestima, falou longamente sobre suas perspectivas profissionais, enquanto os agentes de recursos humanos enumeravam suas fraquezas em uma prancheta. Muita gente se sentiu embaraçada. Não houve o que aprender, ninguém se divertiu e ninguém foi empregado, mas todos, ao final, batiam palmas. Eu e o Karatê Kinder vomitamos ali mesmo e chamamos quem nos levou até lá, implorando para nos levar de volta ao nosso mundo. Por acaso, na volta, tomamos o mesmo ônibus do rapaz que dirigiu a dinâmica de grupo. Estávamos sentados no último banco, quando vimos um vadio qualquer encostar a mão em uma garotinha. O agente de recursos humanos, que estava bem ao lado, ao notar o que estava acontecendo, pôs-se a olhar fixamente para fora do ônibus, como que para dizer que não havia visto nem estava vendo nada. E nem tenho que dizer que a urina escorria abundantemente das calças dele. Eu e o Damião Sen levantamos e surramos aquele vadio de hoje em dia como não fazíamos desde 1986.

— Você está falando — perguntou o Robô de Laser, que não havia ido junto — do agente de recursos humanos?

— Bem que deveria ser — tornou Féron Bilets —, mas, não, estou falando do vadio que encostou a mão na garotinha.

O Karatê Kinder sentiu-se muito mal lembrando-se de tudo e pediu a Féron que parasse de falar um pouco.

— Karatê Kinder — disse-lhe Féron Bilets —, não temos tempo para passar mal. Segure seu estômago e deixe-me continuar, porque precisamos falar tudo ao amigo Jimmy Galla.

O Karatê Kinder, respirando fundo, aquiesceu que se continuasse o relato.

— Jimmy — foi adiante Féron Bilets —, as dinâmicas de grupo não empregam pessoas e a economia é ruim. Dizem que não se emprega porque a economia é ruim e que ela é ruim porque não se emprega. É triste ver como o seu mundo, Jimmy Galla, o mundo dos tempos de hoje em dia, está cheio das Agências de RH, que nada fazem senão aborrecer gente boa. Tome forças para enfrentar essas tolas instituições e mostrar-lhes boas coisas. Você pode ser, Jimmy Galla, e te digo que será um grande exemplo para a gente dos tempos de hoje, que, apesar de mostrar qualquer coisa de genuinidade, perde toda sua dignidade, potencial e respeito próprio nas vãs sessões de dinâmica grupal. Não é à toa que as pessoas andam por aí, nestes tempos, destituídas de vontade e energia. Até aquelas garotas mais vestidas de rosa e mais gentis nos gestos acabam por inventar de se meter em tristes trajes, querendo com isso expressar, como se gritassem em desespero, a repulsa que sentem por tantas coisas vãs e horrorosas. Aliás, nem precisávamos te impedir de ir para a festa na casa de alguém cujos responsáveis estejam viajando, porque tal festa sequer aconteceria, haja vista que os jovens de hoje em dia não se importam mais com isso.

Féron deu um longo suspiro, ao final do qual continuou:

— Ah, Jimmy Galla, não seriamos tão heróis de viver nestes tempos. Este é o mundo em que Jimmy Galla deve brilhar. Não o Jimmy Galla que viveu até este presente dia, mas aquele que viverá quando voltar àquele mundo lá embaixo. É o seu mundo, Jimmy Galla, o que mais precisa de amor.

Capítulo 6

No qual Karatê Kinder e Féron Bilets prosseguem em seus relatos.

Ainda queria Féron Bilets falar outras horrorosas coisas a Jimmy Galla, procurando, dessa forma, desnudar para ele a verdade sobre o mundo dos dias de hoje, chamado também de hoje em dia.

— Jimmy Galla — falou-lhe —, quero ainda contar coisas piores que vi nos dias de agora. Existe uma organização, atualmente, constituída de tal missão, que realiza, doze horas durante o dia, seminários de relações humanas, trabalhando ainda, não obstante, as outras doze horas em colaborações com os movimentos estudantis de todas as espécies. Encontrei uma ficha dessa organização em que constavam espaços para se escrever a síntese do aprendizado de uma sessão qualquer de recursos humanos. Achei ainda uma literatura, entre papéis dessa empresa, falando sobre motivação e ética profissional, além de muitas coisas sobre a gestão estratégica do diálogo assertivo.

Jimmy Galla permanecia em silêncio e, a cada palavra de Féron Bilets, seu olhar tornava-se cada vez mais distante. Mal parecia que ele ouvia qualquer coisa dos relatos de Féron, o qual, percebendo esse estranho transe em que Jimmy estava, chamou-lhe a atenção.

— Jimmy — falou-lhe —, você está me ouvindo? Por favor, não se distraia, pois há muito que se contar. Ainda nem falei que nos seus dias os carros são todos redondos, muito ao contrário do que preconizava os anos oitenta. Os produtores de música se esqueceram de todos os sentimentos ternos e assim, é claro, nada há de sublime em qualquer música desses dias de agora.

E continuou:

— Você mesmo saberá, Jimmy, quando estiver no mundo, que a miséria humana vai muito além das faculdades e agências de recursos humanos. Há pessoas, em horrorosos lugares do mundo, vivendo de tal modo, que, se um dia chegarem a levar uma vida sem sentido, já muito terão conquistado, pois já terão uma vida. Tudo mais quanto há de asqueroso no mundo, Jimmy Galla, você mesmo contemplará.

O próprio Robô de Laser, esforçando-se na pronúncia, encerrou:

— Se me ocorresse de, tornando-me eu um ser humano, conhecer e compreender, assim, a sensação do desânimo, eu saberia te explicar como você se sentirá quando empregar suas forças e seu engenho na tentativa de desfazer a podridão da miséria humana.

De fato, em pouco mais de um minuto, ele logrou dizer tudo isso.

Capítulo 7

Que explica algo em que ninguém acredita, a respeito de Jimmy Galla.

Os três continuavam a falar umas duas mil e onze histórias, que são muito conhecidas de quem quer que as ouça nos tempos de agora. Outras duas mil e onze ainda estavam por vir, quando todos os lasers do espaço cessaram e se fez na lua um estranho silêncio. Os três amigos, Féron, Karatê Kinder e o Robô de Laser se entreolharam com um assombro nunca antes presenciado nos anos oitenta. Estavam em vias de perguntarem uns aos outros o que se passava, quando ouviram o suave som de algo caindo ao chão e, não obstante, ecoando pelos treze cantos da lua. Era nada mais nada menos que uma lágrima de Jimmy Galla tocando o pó lunar. Os três amigos dos anos oitenta miraram Jimmy Galla com uma terna compaixão e novamente se entreolharam, tal como se entreolham os amigos que se entendem apenas por olhares. Esperaram bem serenos e silentes, então, pois Jimmy parecia juntar forças para falar.

— Um dia — começou Jimmy, ainda balbuciante —, quando eu era pequeno, lembro que estava com uma forte febre. Estava deitado na cama, no meu quarto, e minha mãe entrou, chegou-se próximo a mim e falou:

— Dessa vez eu não trouxe mais remédios.

Ela levava escondida atrás de si uma caixa, que então me entregou, dando-me em seguido um beijo na bochecha. Tantas coisas incríveis havia naquela caixa, que pedi à febre para nunca me abandonar, de modo que eu pudesse ali ficar com tantas maravilhas.

— O que havia nela? — perguntaram os heróis dos anos oitenta.

— Utensílios e divertimentos — prosseguiu Jimmy Galla —, que a década seguinte vos revelará. Vocês podem não acreditar, mas verão uma caneta que, sozinha, escreve em oito diferentes cores. Seus filhos brincarão com incríveis brinquedos chamados Tarzo. Só pelo nome vocês podem imaginar a sabedoria e diligência de quem os criou e o sentimento de diversão que tomará conta dos seus filhos. Na caixa ainda havia, e vocês verão, blocos de montar de tal natureza, que parecem complexos demais aos olhos dos mais eruditos estudiosos das ciências. Realmente, essas pessoas nunca compreenderão tais blocos de montar, os quais só fazem sentido às crianças. É a pureza dos seus corações que as esclarece nos procedimentos de montagem. E o que dizer do melhor videogame que até então surgiu, e que antecedeu ao segundo melhor? Eu posso dizer que seus jogos serão a moeda corrente dos anos noventa, entre as crianças e adolescentes. Os jogos serão as notas e as moedas serão os segredos das manhas, truques e códigos dos jogos, se bem que algumas vezes esses segredos crescerão a valores absurdos.

Capítulo 8

Que é o mais verdadeiro capítulo deste livro e que trata de Jimmy Galla.

Os heróis dos anos oitenta estavam intrigados e absortos no que Jimmy Galla lhes dizia. Não apenas os utensílios e divertimentos da década seguinte lhes soavam prodigiosos demais, como ainda lhes maravilhava a atitude de Jimmy Galla, não sabendo eles aonde ele queria chegar. Tanto não sabiam, que perguntaram a Jimmy Galla:

— Jimmy, o que tudo isso quer dizer, aonde está querendo chegar?

Jimmy Galla continuou:

— Havia um carro, ao início da década de noventa, chamado Venturo Turbo, que as crianças chamavam de Mastobishi. Dentro da caixa havia um modelo dele, em escala, movido à fricção. Enquanto eu brincava com o carrinho e todos os outros inesquecíveis brinquedos contidos na caixa, lá fora passou um automóvel de cujos alto-falantes, eu pude ouvir, saíam músicas do Eurodance. Imagino que fosse um Venturo Turbo. Antes que me perguntem, vou logo dizendo que o Ítalo Disco, ao final dos anos oitenta, chamou o Eurodance a algum canto da Europa e lhe disse: "vai lá, agora é com você". Podia-se ainda notar, por essa coqueluche, que a década de oitenta não muito distava. E assim foi aquela noite. A música não me saía da cabeça, nem tampouco a diversão acabava.

Os heróis dos anos oitenta se sentiram agraciados de ouvir tão sublime história e, não menos agraciados de ver o brilho nos olhos de Jimmy Galla, disseram, representados por Féron Bilets:

— É uma história tão maravilhosa quanto o brilho nos seus olhos.

E perguntaram-lhe:

— Porque, então, as lágrimas? O que poderia macular essa mágica noite?

— Nada — respondeu Jimmy — poderia macular essa noite, tanto que ela não foi maculada por nada. O brilho dos meus olhos, a partir do dia seguinte, contudo, foi aos poucos se apagando. Ao passo que a década de hoje em dia se aproximava, as canetas voltavam a escrever em poucas cores, até que, uma hora, escreviam novamente em uma cor só. Das lojas de brinquedos, aos poucos, os blocos de montar foram sumindo, até que desapareceram por completo.

— E os Tarzo? — perguntou o Robô de Laser, curioso. — O que aconteceu aos Tarzo?

— Os Tarzo — explicou Jimmy Galla — foram adquirindo novas formas, até que viraram qualquer coisa que não Tarzo.

— E os códigos e truques dos jogos — inquiriu o Karatê Kinder —, que haviam subido a absurdos valorcs?

— Com a chegada de hoje em dia, perderam todo o valor. Tornaram-se moedas antigas, que não compram nada. Não importa mais saber os códigos e os truques, porque, afinal, qualquer um os sabe. Não há mais razão para se descobrir, nos jogos, essas coisas.

— Os carros turbo e o Eurodance — disse Féron Bilets — sabemos que não tiveram melhor sorte, porque estivemos na época de hoje e não os encontramos. Acabaram ao final da década de noventa, por ventura?

— Se os carros turbo e o Eurodance tivessem se salvado — desabafou Jimmy Galla —, até hoje meus olhos estariam reluzindo. Conforme a década de noventa se aproximava de hoje em dia, o Eurodance ia se perdendo, até que deu lugar às horrorosas músicas dos tempos atuais. Os carros, na mesma época, ficavam cada vez mais redondos e indistinguíveis, de tal modo que minguaram totalmente em questão de estilo. Por ventura, nunca mais se teve notícia de um Venturo Turbo.

Capítulo 9

Que é triste, mas muito verdadeiro.

Tudo quanto Jimmy Galla falou a respeito dos anos noventa todos sabem que realmente aconteceu. Nem vale a pena se demorar medindo a veracidade de tantas inquestionáveis verdades. Entretanto, cabe aqui contar tudo mais quanto Jimmy Galla e os heróis dos anos oitenta conversaram na lua.

Ora, havendo Jimmy contado a Féron Bilets, Karatê Kinder e o Robô de Laser tantos fatos da década de noventa, disse-lhe Féron:

— Então você conseguiu se lembrar de tudo!

Ao que o Karatê Kinder retrucou:

— Ou isso ou ele imagina agora haver passado para a década de noventa, por meio de uma viagem no espaço.

— Não, Karatê Kinder — respondeu-lhe Jimmy, com uma serena voz —, eu me lembrei da década de noventa justamente ao recordar-me dos tempos de hoje em dia, nos quais vivo. Tudo quanto me disseram terem visto nos tempos de agora também vi e me lembro. Esqueceram ainda de me falar, porque duvido que não tenham observado, a respeito da Sustentabilidade, que se chama Desenvolvimento Sustentável. Não sei eu se isso faz parte da Cidadania ou se a Cidadania faz parte disso. O que sei é que, não importa o quanto tudo isso seja divulgado, não se vê salvação para a miséria humana.

— Nem tampouco nos anos oitenta — contou-lhe Féron Bilets — vê-se salvação para isso.

— Como pode? Para que, então, serve qualquer coisa?

— Se você for embora da lua — respondeu-lhe Féron Bilets — com alguma sensação de que há o que se responder a isso, voltaremos aos anos oitenta muito tranquilos e recompensados.

Jimmy Galla lembrou-se ainda de infinitas coisas de hoje em dia que não lhe faziam sentido algum, nem tampouco fazem a ninguém. Inclusive, recordou-se das patranhas que contara e mil absurdas atitudes que cometera nos dias em que tomara a si mesmo por Jimmy Galla. Os heróis dos anos oitenta, nos quais ele confiava, entretanto, sabiam o que lhe dizer, tanto mais porque já haviam logrado fazer a parte mais difícil, que era esclarecer Jimmy a respeito de seu próprio intelecto doentio.

Capítulo 10

Que precisa ser contado, mas é o último, felizmente, a tratar das coisas horrorosas de hoje em dia.

Jimmy Galla ainda lhes fez, em tom de desabafo, esta pergunta:

— Qual é o problema com essas pessoas de hoje em dia?

— Olha — falou Féron Bilets, compreendendo a intenção de Jimmy —, você já sabe qual é realmente o problema com elas e nós mesmos o comprovamos, ao conhecer os tempos de hoje em dia. É muito justo o seu desabafo e que o amor o conforte. Nós estivemos lá e pudemos ver que as pessoas tiraram do amor aquele direito de realizar milagres. Ouvimos muito por aí pessoas dizerem que nos dias da atualidade o amor se usa de fenômenos diversos, todos muito comuns. Dizem que o amor usará a mente, os sentidos e a razão, entre outras coisas completamente inteligíveis, a fim de manifestar-se. E o faz de tal maneira, que quer se apresente desse modo ou daquele, jamais se permitirá aparecer para além do que já é conhecido ou instituído. Até mesmo aquelas pessoas que aceitaram tarefas de dedicação ao amor defendem que não se espere presenciar prodígios.

— Como pode? — perguntou o Karatê Kinder, fazendo o mesmo desabafo que fizera Jimmy Galla — O que essas pessoas esperam? Que o amor não faça mais questão de ir até lá e fazer ele mesmo aquele milagre mais digno dos sentimentos elevados? Será que as pessoas de hoje esperam deixar tudo muito mais inteligível e certo, equiparando os prodígios às coisas corriqueiras e destituindo do amor a sua mais sublime função? Sabemos bem que a pobreza e as calamidades não são exclusividades da sua época, Jimmy. Na verdade, é uma época até afortunada, nesse sentido, mas me espanta ver o modo com que a pretensão e a confusão elevam a miséria humana a muito além do que já se teve notícia. Que mundo miserável! Os milagres do amor são manipulados de modo a serem tomados por fenômenos naturais e entendidos dentro daquilo que se conhece. O pior, tal como o Féron estava falando, e o que me fez subir o vômito à garganta, foi ver que não são mais os incrédulos que questionam os milagres do amor. Quem o faz são as próprias pessoas que professam o amor.

— Professam o amor... — falou o Robô de Laser a si mesmo, tão indignado quanto qualquer outro herói dos anos que se encontrava na beirada da lua naquela noite. — Mas dizem que não cabe mais ao amor realizar milagres? Falam que agora quem os realiza são as burocracias e as chatices conhecidas de sempre? Imagino que nem uns e nem outros são muito bons nessa coisa de prodígio. Antes tivessem deixado o amor continuar fazendo aquilo que já sabe fazer, haja vista que já o fazia há muito tempo.

Ninguém questionou os juízos do Robô de Laser. Ao contrário, colocaram-se todos a pensar em que maravilhosa e avançada tecnologia era aquela da qual ele era provido. E Jimmy Galla, olhando para a Terra lá em baixo, disse para todas as pessoas que lá estavam:

— Vão acreditar no amor, seus desgraçados!

Capítulo 11

Que é o único, deste livro todo, que vale a pena ser lido.

Tal foi o que aconteceu ao Jimmy Galla enquanto esteve na lua, ouvindo o que os heróis dos anos oitenta lhe diziam, que se não se contasse o que foi, pouco importaria toda a vida de Jimmy Galla.

A parte da vida de Jimmy Galla que aqui se contará será ridicularizada para sempre por aqueles que arrancaram dos seus corações todos os sentimentos ternos. Que esses, após ridicularizar Jimmy Galla até não mais aguentarem, esqueçam-no para sempre. Quem, por outro lado, ainda acreditar em sentimentos elevados, que se apegue de vez a eles e nunca os jogue fora. E que se conte o que Jimmy Galla aprendeu na lua.

— Diga-nos, Jimmy Galla — pediu-lhe Féron Bilets, colocando a mão sobre seu ombro —, o que há nisso tudo que seja de inigualável valor e significado? Para que servirá tudo isso? Quem de algum modo ouvir sua história o que dela julgará digno de se levar no coração? Quem a contar, com que propósito o fará?

Como Jimmy Galla permanecesse em silêncio, Féron continuou:

— Vou dar uma dica. Na minha história, na história do Karatê Kinder e na história do Robô de Laser, o que há que seja de inigualável valor e significado? E o que, de nossas histórias, pode-se tirar de digno para levar no coração?

Jimmy não arriscou responder e Féron Bilets foi além.

— Pense na minha história — pediu. — O que ela mais exalta? As estripulias que aprontei? As burlas que apliquei? Fiz tudo isso e não me aborreço, mas lembre-se de que, quando as burlas e estripulias se acabaram, tive que lidar com situações cabeludas. Isso, na verdade, também não me aborrece. Eu faria qualquer coisa pelo Camenon e pela Soenne, sem contar meus pais e minha irmã, os quais amo muito. Minha irmãzinha, que outrora me odiava, também se rendeu ao amor. Papai e mamãe trabalham duro e, quando chegam do serviço, eu preciso, e quero muito, estar sempre lá para abraçá-los. Mamãe é linda. Nenhuma mulher jamais se igualará a ela. Soenne é o amor da minha vida e já o era quando o segundo grau nem ainda acabado estava. Ela sabe que vou casar-me com ela. Nada do que fiz no dia em que decidi não ir para a aula faria algum sentido se ela não soubesse que quero muito me casar com ela e que o farei quando nossa hora chegar. Eu a respeitarei até lá, porque já a amo para sempre.*

— E Camenon? — perguntou-lhe Jimmy Galla.

— Camenon, Jimmy, é uma lição para você. Diga-me: você sente, em seu coração, que fez muitas bobagens?

— Sim, Féron — Jimmy respondeu —, é o que estou sentindo.

— Pois você lembra que Camenon, no dia em que saiu comigo e Soenne, jogou despenhadeiro abaixo o carro esportivo de valor inestimável que seu pai cuidava como se fosse um bicho de estimação? Foi uma grande bobagem que ele fez, com certeza. Mas diga-me, Jimmy, o que ele me prometeu que faria em seguida.

— Ele prometeu que enfrentaria o pai dele e que você não precisaria se preocupar com o caso.

— Sim. Naquela noite, ele falou ao pai dele: "chutei despenhadeiro abaixo seu carro esportivo"**. É claro que derrubar o conversível no precipício foi uma asneira tão ridícula quanto alguns exageros e absurdos que você cometeu, mas do mesmo modo que o Camenon enfrentou o velho arrogante, enfrente seu mundo de hoje em dia e não se deixe abater com as bobagens que fez.

* Ferris Bueller's Day Off, 1986.

** Ferris Bueller's Day Off, 1986

Capítulo 12

QUE É JUSTO.

— Guarde tudo o que falei a respeito da minha própria história — prosseguiu Féron Bilets —, mas pense ainda na história do Karatê Kinder.

— É uma história de determinação e coragem — arriscou Jimmy Galla.

— Não tenha dúvida de que é! — Feron assegurou. — Mas mesmo a determinação e a coragem, duas maravilhosas virtudes, não são o que há de mais puro e elevado na história do Karatê Kinder.

Féron, pedindo ajuda ao amigo, disse-lhe:

— Não é mesmo, Karatê Kinder?

— Féron está certo, Jimmy — ele falou. — Na canção que levo comigo, está gravado que "Sou o homem que vai lutar pela honra dela"*. Isso quer dizer que a determinação e a coragem, sozinhas, não valem muita coisa. Uma missão elevada e inigualável ainda ultrapassa, em matéria de pureza e perfeição, as virtudes.

— E essa missão, que alimenta a bravura do Karatê Kinder — completou Féron —, tem o mesmo significado de tudo quanto falei sobre a minha própria história. O significado de tudo isso, Jimmy Galla, é o amor. O amor é o único significado das nossas histórias. Em nossas histórias, aprendemos, ao final, o que é o amor. Se não fosse desse modo, não haveria por que havermos nos metido em confusões. A única razão, Jimmy, das suas próprias aventuras e confusões é que você aprenda sobre o amor. Isso é tudo que viemos lhe dizer, imagino. Eu, da minha parte, não preciso dizer mais nada.

---

* Peter Cetera - Glory of Love, 1986.

Quando então ficaram todos eles em silêncio, notaram que o Robô de Laser soltava uns estranhos guinchados. — O que está acontecendo com você? — perguntou-lhe Féron.

Observando-o melhor, Féron Bilets percebeu que ele estava todo molhado e que, de seus olhos, saía um espesso vapor.

— Minha nossa, Robô de Laser — falou —, você chorou todo o fluído que colocamos em você ontem? Ele chorou todo o fluido de lágrimas, Karatê Kinder! Está tentando chorar mais, só que dos olhos dele só está saindo vapor com espuma!

— Acabou tudo mesmo — respondeu o Karatê Kinder —, mas não vamos deixar o pobre chorando só vapor. Vou à nave procurar outro frasco.

Saindo o Karatê Kinder para buscar lágrimas para o Robô de Laser, Féron Bilets e Jimmy Galla, como se houvessem combinado, juntos levantaram-se e, chegando-se ao Robô de Laser, deram-lhe um abraço.

— Há ainda que se contar, Jimmy — falou Féron Bilets —, a história desse nosso especial amigo, que encontramos debaixo da neve, quando passeávamos pelo Polo Norte.*

Mas, antes que se contasse qualquer coisa, o Karatê Kinder voltou da nave, trazendo consigo um extravagante frasco, em cujo rótulo se lia: "lágrima quatro tempos para robôs carburados".

---

* Topo & Roby - Under the Ice, 1984.

Capítulo 13

Que trata do amor do Robô de Laser.

O Robô de Laser devidamente reabastecido de lágrimas, sentaram-se todos à beirada da lua, a fim de conversar a respeito da história do amigo robô.

— Veja o Robô de Laser — pediu Féron Bilets a Jimmy Galla. — Ele não é como esses robôs que ao toque de um botão juram ser seu amigo. É claro que ele também possui essa função, mas é o único, entre todos os robôs, que genuinamente acreditou e acredita no amor. Há milhões de robôs com e sem laser, mas pouca diferença isso faz, porque nenhum deles acredita no amor. Como pôde ele, sendo um robô, acreditar no amor? Talvez alguém, em seus tempos de hoje em dia, Jimmy Galla, tenha autoridade para responder essa pergunta em nome da ciência. Na década em que vivo, diz-se, e acho bastante convincente, que a explicação é a força do amor. E como essa força foi se manifestar apenas no Robô de Laser? Talvez, nos tempos de agora, a ciência já tenha um parecer a respeito disso. Na década de oitenta, e acho muito justo, a explicação que circula é que as coisas assim se deram graças ao mistério do amor.

— Acredito, Féron — falou o Karatê Kinder —, que a explicação dos tempos de hoje em dia é que no Robô de Laser um intrincado dispositivo estaria eternamente funcionando. Tratar-se-ia de algo dotado de um aplicativo para acreditar e duvidar do amor. Funcionaria de tal modo, que em um momento ele acredita e, já em outro, desacredita do amor. Contudo, haveria o aplicativo, de algum modo, por si só escolhido nunca mais descrer do amor.

Estiveram eles pensando nessas coisas por algum tempo, muito quietos. Demoraram-se olhando para o Robô de Laser e a ternura com que ele contemplava a Terra lá em baixo.

— Que absurdo! — exclamaram os três ao mesmo tempo.

E Féron encerrou o assunto:

— Ele simplesmente acredita no amor.

Capítulo 14

Da curiosa visita de três viajantes.

Como Jimmy Galla, Karatê Kinder, Féron Bilets e o Robô de Laser estivessem voltados para a Terra, não podiam ver que três viajantes apontavam no alto da lua. Iam em um horrível triciclo movido a lixo, derrapando na poeira. O povo do vilarejo instalado no lado escuro da lua tinha uma grande criatividade para fazer, das sucatas, terríveis veículos, movidos a combustíveis pouco ortodoxos, tanto porque não dispunham de outros que não esses.

Não tardou para que os heróis dos anos oitenta ouvissem os estalos do escapamento do triciclo horroroso, que vinha em alta velocidade.

— Eu já sei quem está vindo. Sei dizer só pelo estalo do escapamento! — falou Féron Bilets, sem se virar.

E o Karatê Kinder continuou:

— Não tem como confundir. É o triciclo dos Inimigos-Minê.

— Inimigos-Minê? — perguntou Jimmy Galla. — São quem estou pensando que são?

— Sim, eles mesmos — garantiu Féron Bilets.

— Que incrível visita! Aposto que são mais lições para eu aprender!

— Muito mais lições, com certeza.

De fato, Féron Bilets e o Karatê Kinder não estavam enganados. Aqueles que vinham no triciclo eram os próprios Inimigos-Minê, outros dois grandes heróis dos anos oitenta. No entanto, traziam eles ainda mais alguém junto. Desnecessário dizer que se tratava de mais outro herói dos anos oitenta. Jimmy Galla foi o primeiro a reconhecê-lo.

— Quem vem com eles é o Pilter Cerbera! — falou Jimmy Galla, tomado por um desespero.

— Minha nossa! — retrucaram Féron e o Karatê Kinder, juntos. — É ele mesmo!

Os loiros cabelos de Pilter Cerbera balançavam ao vento, exista ou não tal coisa na lua. Os Inimigos-Minê eram os de sempre. O humano continuava muito barbudo e, quanto ao alienígena, podia-se dizer que ainda se assemelhava a um lagartão horroroso. Desse modo, chamavam-se Barbudo e Lagartão. Mesmo assim, ao chegarem, foram eles recebidos com muitos abraços por Féron Bilets, Karatê Kinder e o Robô de Laser. Pilter Cerbera, obviamente, não ganhou menos abraços.

— Conhecem o Jimmy? — perguntou Féron Bilets aos viajantes. — É um amigo nosso dos tempos de hoje em dia.

— Já ouvimos falar dele — respondeu o Barbudo. — Faz coisas dignas dos anos oitenta.

— Você tem razão, Barbudo. E agora viemos até aqui para lhe contar a razão das nossas histórias e explicar-lhe, assim, as mais inigualáveis coisas dos anos oitenta. Peço que se juntem a nós e contem ainda a Jimmy Galla suas próprias histórias e o que delas se tira de inigualável e exemplar.

— Passávamos pelo vilarejo do lado escuro — falou o Lagartão —, a fim de abastecer o triciclo. Contaram-nos que vocês haviam passado por lá e imaginamos que tivessem vindo até a beirada da lua, pois sabemos que é aonde costumam vir para decidir e realizar coisas importantes. Vejo que estávamos certos. Há por aqui uma importante tarefa a se realizar e será um prazer ajudar Jimmy Galla com nossas histórias.

O Barbudo e Pilter Cerbera concordaram com o Lagartão. Sentaram-se todos eles, então, à beirada da lua, mas antes que alguma história começasse a ser contada, o Lagartão lembrou.

— Esperem lá! Nós trouxemos umas raspadinhas! Estão lá no triciclo. Ouvir histórias tomando raspadinha é ainda melhor do que ouvir histórias.

Capítulo 15

Da história dos Inimigos-Minê e da lição de Pilter Cerbera, tudo de uma vez.

O Barbudo e o Lagartão serão eternamente lembrados por uma lição de amizade. Nos anos oitenta, foram os maiores amigos de todo o universo.

— Sempre fui um viajante — contou o Barbudo. — Viajei por muitos planetas e galáxias, com uma navezinha surrada que batalhei para pagar. Um dia, a safada inventou de quebrar bem no mais inóspito mundo de que se tem notícia.

— Quis ainda o destino — continuou o Lagartão — que eu, outro viajante, caísse com minha nave nesse mesmo planeta. Lá, nos encontramos.

— Mas não era a primeira vez — explicou o Barbudo. — Eu já conhecia esse Lagartão feio de velhos carnavais. Quantas não foram as vezes em que ele me fechou na saída de Saturno!

— E quantas não foram as vezes — retrucou o Lagartão — em que ele me jogou para fora da pista lá na entrada de Neturno! Parecia que ele estava em todo lugar, atrapalhando minhas viagens.

— Exatamente a mesma coisa que acontecia comigo — explicou o Barbudo. — Aonde quer que eu fosse o Lagartão estava lá para me infernizar. Por isso éramos conhecidos por Inimigos-Minê.

— Quando acabaram sozinhos e indefesos em um lugar inóspito — continuou Pilter Cerbera —, precisaram um do outro. Não sobreviveriam se não cooperassem para sair daquele planeta. Parecendo obra do acaso, surgiu assim uma grande amizade. Agora, eles viajam juntos pelo espaço.

— É verdade, Barbudo — perguntou Jimmy Galla —, que você teve que ajudar o Lagartão quando ele estava para parir?

— É verdade — respondeu o Barbudo —, e sou padrinho do Lagartinho.

— Eu ouvia boatos — continuou Jimmy — de que você, Lagartão, tinha morrido no parto.

— Que nada! Eu pari e saí dando cabriolas.

Ao que todos deram muitas risadas, ao final das quais Féron falou:

— Agora é sua vez Pilter. Conte a Jimmy Galla sua própria história.

Pilter Cerbera concordou.

— Fui um herói nos anos oitenta — contou —, trabalhando duro e sempre acreditando na força do amor. Entretanto, Jimmy, não sou diferente de você. A década de oitenta também se foi para mim, do mesmo modo que se foi a de noventa.

— E como o senhor continuou sendo um herói até os tempos de hoje em dia?

— Uns garotinhos e umas garotinhas, que me chamam de avô, defendem que sou um herói e por isso ainda sou. Se o amor perseverar em seu coração e você trabalhar duro, Jimmy, jamais deixará de ser um herói.

Os heróis dos anos oitenta muito refletiram, em absoluto silêncio, a respeito das singelas coisas que Pilter Cerbera dissera. Apenas balançavam a cabeça afirmativamente, enquanto tomavam o resto de suas raspadinhas.*

* Enemy mine, 1985.

Capítulo 16

No qual o Barbudo e o Lagartão são surpreendidos por um acontecimento.

— Eu compreendo — falou Jimmy Galla — o valor de se trabalhar duro e perseverar no amor. Sinto que aqui dentro um coração se encontrou. Por outro lado, há pedaços nele completamente vazios. A bonita amizade entre o Barbudo e o Lagartão me fez pensar em meus amigos. O que fiz a eles? Porque os escolhi do jeito que os escolhi? São realmente meus amigos?

Tão logo Jimmy Galla terminou de promover esses questionamentos, Féron Bilets se ajeitou para respondê-los.

— Olha Jimmy...

Porém, quando estava prestes a entrar mesmo no assunto, um dispositivo de bipe subitamente tocou.

— Não é o meu! — o Robô de Laser assegurou, imediatamente.

Todos levaram as mãos aos bolsos e puxaram seus bipes.

— É o meu! — falou o Lagartão, prontamente pondo-se a ler a mensagem. — E por oitenta e seis mil mandarovás! Acho melhor irmos procurando nossos lugares no triciclo.

— O que aconteceu? — Féron perguntou-lhe.

— Iniciou-se uma revolta — explicou o Lagartão — no lado escuro da lua. O patriarca do vilarejo está contando que a rebeldia foi encabeçada por uma cantora morena de voz poderosa, cujos óculos foram confeccionados de tal modo, que um lado dele é preto e o outro é branco. Os rebeldes estão todos com paus nas mãos, pulando animosos ao redor dos barris em chamas.

— O que poderia ter motivado — Jimmy Galla perguntou — uma revolução dessas?

— Bom — falou o Barbudo —, a verdade é que existe muita opressão. A alta carga horária de trabalho e os baixos salários causam uma miséria generalizada. Segue-se, daí, que as pessoas contraem doenças, dentre as quais a mais terrível é uma que se chama Víres.

E encerrou:

— Realmente, é melhor irmos para lá agora mesmo. Ademais, parece-me que nosso trabalho por aqui já foi feito.

— O trabalho de vocês — retrucou o Karatê Kinder — ainda não está completo, mas assim que derem um forte abraço no Jimmy, podem em ir em paz, se bem que, no lado escuro da lua, para onde estão rumando, ninguém sabe o que significa isso.

Desse modo foi feito. Abraçaram Jimmy Galla com muito carinho e partiram dali, montados no horroroso triciclo, esperançosos de que poderiam ser úteis em qualquer coisa lá no lado escuro da lua..

Capítulo 17

Em que Féron Bilets faz maravilhosas revelações a Jimmy Galla.

Jimmy Galla, vendo o triciclo dos Inimigos-Minê sumir na poeira lunar, sugeriu aos heróis dos anos oitenta que fossem todos ajudar no que se podia fazer a respeito da revolta que se instalara não muito longe dali.

— Jimmy — explicou Féron Bilets —, o Barbudo e o Lagartão, nisso de revolução, sabem o que fazer e como fazer. Se fôssemos até lá com eles, acredite, não faríamos coisa alguma a não ser atrapalhar. É razoável que fiquemos por aqui, para terminar o que aqui viemos fazer. Ademais, se eles perceberem que a situação passou dos limites toleráveis, não se furtarão a pedir ajuda ao Capitão Terra, certamente.

Todos sabiam, aliás, que não se podia perder tempo com o que se faltava dizer a Jimmy Galla. Tanto é assim, que Féron tratou logo de retomar o assunto de que tratavam antes do bipe do Lagartão tocar.

— Tal como eu dizia, Jimmy — falou —, não nos metemos com seus amigos. Estivemos olhando, mas não fizemos nada. Você terá que descobrir e dizer a si mesmo o que é verdadeiro e o que não é. O mundo está lá em baixo e te espera de volta. Dessa vez, você saberá o que fazer.

— E o Mestre Mijiro — Jimmy perguntou —, o que estava fazendo com vocês? Quem é ele?

— Bom, para dizer a verdade, o Mestre Mijiro foi intromissão nossa. É um senhorzinho que encontramos por aí. Nós o contratamos e pagamos a ele algumas pratas para fazer aquelas molecagens. Perdoe-nos.

— Tudo bem — falou Jimmy, rindo —, mas só me digam uma coisa. Quem de vocês teve a magnífica ideia da cena do pula-pula e da ripa de bétis coberta de ketchup?

— Pula-pula e ripa de bétis? — perguntaram os três, incrédulos.

E o Karatê Kinder completou, gargalhando:

— Não pedimos a ele para fazer nenhuma cena de pula-pula e ripa de bétis!

— Bom — falou Féron Bilets —, não há muito mais o que se contar ou explicar. Diga-me, Jimmy Galla, o que aprendeu?

Jimmy Galla respondeu:

— Aprendi que não vivo mais nos anos oitenta e que, quando tornar ao mundo, estarei nos tempos de hoje em dia, que são difíceis e têm pouco estilo, mas que ainda poderei, e até devo, levar no coração muita coisa da década de oitenta. Aprendi que as agências de recursos humanos e outras instituições infernizam o mundo. Aprendi também, entretanto, que existe o amor e, com ele, a força para se trabalhar duro e não se abater com a miséria humana. Acredito em tudo isso, Féron, e sinto como se sempre tivesse acreditado.

— Sim, Jimmy, todas essas coisas são verdadeiras e fazem muito sentido, tanto que as enfatizamos a você. Porém, há ainda as coisas inexplicáveis que giram em volta do amor. Essas não podemos falar, porque ainda não as sabemos.

— Eu também não sei — falou Jimmy Galla — a que ao certo me dedicarei no mundo lá em baixo. O que farei para ajudar os outros e, assim, garantir minha sobrevivência?

— Há muitas atividades — explicou-lhe Féron Bilets — dignas de se realizar. Ainda não te contei, mas sou estudante de Economia. O segundo grau acabou e chegou a hora de se fazer uma faculdade. Você deve lembrar, Jimmy, que essa foi uma das coisas que tive que explicar a Soanne. Conte a ele também, Karatê Kinder, o que você faz.

— Eu, Jimmy Galla — contou Damião Sen —, estudo Letras do Vietnã na Universidade do Vietnã.

— Parecem-me duas boas faculdades — confessou Jimmy Galla. — Pensarei sobre isso quando voltar ao mundo. Está bem assim?

— Está ótimo — respondeu-lhe Féron. — Não me preocupo com isso. Tenho certeza que você se arranjará, tanto que, ao final de tudo, e disso não tenho dúvida, muitos serão os que dirão, pensando em você: "e não é que aquele filho da mãe conseguiu!".

— Muito bem então — tornou Jimmy —, porque agora mesmo eu tive uma incrível ideia digna dos anos oitenta e pode apostar que ela não diz respeito a faculdades.

— Acho muito justo — falou Féron. — Diga-nos qual é sua ideia.

— Eu imaginei que nós quatro poderíamos jogar uma partida de bétis agora mesmo, aqui na lua! Aposto que eu e o Robô de Laser surramos um vinte e quatro a zero em vocês dois!

— Quem aqui se importa com faculdades — falaram juntos Féron Bilets e o Karatê Kinder.

Feron Bilets continuou:

— Quem perder a partida terá que tomar bera com a galera da faculdade, participar de movimentos estudantis e ridicularizar os sentimentos ternos.

— Minha nossa! — exclamou Jimmy Galla. — É bom que você, Robô de Laser, acerte firme essas ripadas!

Capítulo 19

Do jogo de bétis que aconteceu entre os heróis dos anos oitenta, na lua.

Seria ridículo perder tempo contando que na nave Treze-Treze havia umas garrafas, ripas e bolas de bétis. Se não houvesse, também não haveria sentido algum em se escrever a história de Jimmy Galla e deixá-la para a posteridade. Conte-se logo o que cabe contar a respeito da partida de bétis que os heróis dos anos oitenta disputaram.

— Seco ou cuspido? — perguntou Jimmy Galla ao Féron Bilets, escarrando um cuspe em um lado da ripa.

— Cuspido — respondeu Féron.

Lançando ao alto a ripa, definiu-se que Féron Bilets e o Karatê Kinder começavam ripando. Na primeira jogada, o Robô de Laser lançou uma bola muito fraca, a qual, quicando na poeira da lua, deu ensejo para que Damião Sen, o Karatê Kinder, aplicasse uma violenta ripada à moda oriental.

— Apura com essas esteiras! — pediu Jimmy Galla ao Robô de Laser, que saiu atrás do prejuízo da primeira pancada.

Foi tempo para Féron e o Karatê Kinder baterem as ripas três vezes, marcando, assim, seis pontos. Na jogada seguinte, Jimmy Galla jogou outra bola horrorosa e Féron Bilets lançou-a às alturas. Mesmo correndo tudo quanto podia, Jimmy não conseguiu evitar mais oito pontos da dupla adversária.

— Parece que já ouço as vozes dos movimentos estudantis! — provocou Féron Bilets, enquanto batia ripas com o Karatê Kinder, o qual, não tardou muito, desferiu outra maravilhosa pancada.

Enfim, estava o placar 22x0 para Féron e o Karatê Kinder, quando Jimmy Galla pediu ao parceiro robô que arriscasse uma bola de laser. Seguindo essa orientação, o Robô de Laser, após girar oitenta e seis vezes em torno de si mesmo, de tal modo jogou a bola, que ela não só acertou como explodiu a garrafa guardada pelo Karatê Kinder, o qual sequer viu o que aconteceu. A bola, sumindo no espaço, tornou-se um cometa.

— Agora — Jimmy retrucou —, estou sentindo o cheiro dos estudantes tomando bera!

Mesmo com as ripas, Jimmy Galla e o Robô de Laser logo se meteram em problemas, cada um deles acumulando um trás. Quando o Karatê Kinder preparava-se para arremessar, Jimmy Galla então berrou:

— Cuidado, Robô de Laser, com o trás! Pegue firme na ripa e arrisque a ripada de laser. Se perdermos as ripas, já estaremos na passeata dos movimentos estudantis.

Quando a bola veio, o Robô de Laser, após girar mil novecentas e oitenta e seis vezes em torno de si mesmo, caprichou uma ripada de tal violência, que soou como uma batida de Ítalo Disco. Ele e Jimmy Galla poderiam passar a noite toda batendo ripas, porque Féron e o Karatê Kinder não achariam a bola, que se tornou outro cometa. O resultado final da partida ficou 24x22 para Jimmy Galla e o Robô de Laser.

Capítulo 20

Que é o último e conta o final da história de Jimmy Galla.

Estava chegando a hora de Féron Bilets, Karatê Kinder e o Robô de Laser despedirem-se de Jimmy Galla.

— Se tivermos outra chance de voltar aos tempos de hoje em dia — falou Féron a Jimmy —, com muito prazer perderei outras oitenta e seis partidas de bétis.

— Vocês sabem que não precisam tomar bera e participar de movimentos estudantis. Não se preocupem. Deixem que com a miséria humana lide eu.

— Você jura, Jimmy?

— Juro. Podem ficar tranquilos.

— Está bem, eu e o Karatê Kinder estamos te devendo essa. Se houver algo que pudermos fazer...

Jimmy Galla deu então um longo suspiro e falou-lhes:

— Sim, eu acho que há algo. Talvez vocês possam me contar e explicar uma última coisa, que ainda me aperta o coração e não sei dizer o que é. É uma dor, aqui dentro, que me parece estar além de tudo quanto vocês me contaram e que não compreendo. Sinto que possa estar ainda além do que me falaram das inexplicáveis coisas do amor.

Féron Bilets e o Karatê Kinder olharam um para o outro e logo se entenderam. Féron, muito sereno, falou então a Jimmy Galla:

— Jimmy, é bom mesmo que você não volte para a Terra sem saber algo sobre isso. Não sei a que ponto podem chegar as coisas no seu mundo. As coisas podem ficar bem difíceis. Não garanto que você nunca mais chorará. Acredito que você, Jimmy Galla, já sabia, antes de tudo isso, o que era amar. Tem gente lá na Terra que você já amava há muito tempo. Há no mundo uma garota, que se confundiu e se perdeu. Ela não sabe mais o que fazer e, muitas vezes, deseja que tudo se acabe.

Jimmy Galla estava muito atento a tudo quanto lhe dizia Féron Bilets, o qual continuou:

— Quando essa garota aparecia, você, sentindo-se vulnerável e indefeso, desejava nunca mais vê-la novamente. No dia em que ela não ia, no entanto, você se imaginava com um buraco no coração e queria logo outra chance de poder olhá-la nos olhos, que era o momento em que você, apesar de não se aguentar dentro de si mesmo, enxergava o sentido de estar ali. Não sabemos dizer o que aconteceu, mas sabemos que você se lembrará dela, porque por ela, e por mais ninguém, seus olhos genuinamente brilharam.

— Acho que me lembro de alguma coisa — falou Jimmy.

— Logo se lembrará de tudo — Féron assegurou. — Deixarei para você um segredo e o oriento a guardá-lo em um cantinho do seu coração.

— O que é? — Jimmy perguntou.

— Posso-te dizer que foi escrito, em algum lugar, isto: "Que o verão no seu sorriso nunca acabe. Eu sei que não vai acabar.".

— Está bem — falou Jimmy —, eu o guardarei. De algum estranho modo, sinto-me melhor.

— Então chegou sua hora, Jimmy Galla. Eu e o Karatê Kinder ficaremos por aqui. É melhor que vá com o Robô de Laser. E como diria um grande herói dos anos noventa, que um dia nos visitou: "O jogo acabou, mas é só o começo da diversão." *.

Seria desnecessário contar que Jimmy Galla, da lua, seguiu de volta para a Terra. Talvez, se ele não tivesse escolhido nomes tão ruins para os seus amigos, sua história tivesse saído melhor.

---

* Super Mario 64.

FIM, MAS CONTINUA...